독자 여러분!
24년간 패션 브랜드 사업을 하면서
느낀 심리 콩트들 출간하게 되었습니다.
의싹주에서 식마 주는 타인을 위함이
아닌 자신을 위함이지만 많는 타인에게
나를 말해주는 '보이는 나' 입니다.

최고의 브랜드는 타인과 좋은 영향력을
공유하듯이 최고의 사랑은 타인과 나의
관계에서 남을 쓰러뜨리지도 나를 쓰러
뜨리지도 않는 것입니다.
저의 작은 몸짓이 여러분 마음에
오래도록 남길 바라면서···
                2024. 10. 11.
                오서희 Sylvia Oh

꼴의 값
200여년간 패션사업하며 느낀 심리꽁트

지은이·오서희
펴낸이·성상건
편집디자인·자연DPS

펴낸날·2024년 10월 23일
펴낸곳·도서출판 나눔사
주소·(우) 10270 경기도 고양시 덕양구 푸른마을로 15
301동 1505호
전화·02)359-3429   팩스 02)355-3429
등록번호·2-489호(1988년 2월 16일)
이메일·nanumsa@hanmail.net

ISBN 978-89-7027-857-5   03810

값 9,000원

잘못된 책은 바꾸어 드립니다.

200여년간 패션사업하며 느낀 심리꽁트

꼴의 값

오서희 지음

맑은 영혼과 따뜻한 엄마의 손길로 시니어모델들을 안아 주시고 행복을 안겨 주시는 아름다운 오대표님의 심리책은 한국을 넘어 전세계로 출간되어야 합니다.

박인숙 시니어모델 & 화가
(한국현대미술 대표작가 박수근 화백 장녀)

그녀를 그대로 X-RAY 찍듯 보여준 심리책, "꼴의 값"은 필독서입니다. 미스코리아 본선진출자 봉사모임인 (사)미코리더스 고문이기도 한 오서희 선배와의 인연이 10년이 넘었네요. 옆에서 지켜봐 온 그녀의 별명은 4차원입니다. 순수한 아이, 때로는 고집쟁이 할머니, 상남자의 털털함이 느껴지는 그녀의 매력에 빠져보세요.

사단법인 미코리더스 유이안 이사

다름을 이해하고 존중하며 포용하는 바다처럼 모두를 품어 세상을 아름답게 하는 그녀는 패션아티스트 오서희입니다.

쌈지 천호균 대표

20여년간 패션사업을 하며 얻은 경험과 지혜가 켜켜이 쌓이듯이 사람과의 관계에서도 의리와 신뢰로 꼴의 값을 하는 오서희 대표. 꼴의 값을 하고 싶은 모든 이들에게 추천합니다. 오 대표의 지혜, 철학과 도전정신을 보며 삶에 대한 혜안을 얻을 수 있을 것입니다.

머니투데이 고문순 기자

그림작업실 동기인 오서희 작가는 따뜻한 사람입니다. 항상 간식을 챙겨 오는 산타클로스 같은 사람이기도 하죠. 스승의 날, 작업실 주인인 제가 없을 때 조촐한 파티 후에 쓰레기가 없길래 물어보니 집에 가져갔다는 얘기를 듣고 세심함에 감동했습니다. 그녀의 이 책 역시 따뜻함이 묻어 나옵니다.

한국 전업미술가협회 박인숙 관장

오서희 대표에게서 부는 바람은 다르다!

그녀와의 대화속에서 부는 바람은 코끝이 차가운 새벽공기로 정신 번득이게 하는 청명한 바람입니다. 마치 청명한 가을하늘 보며 "하늘 쾌청" 하고 소리 내며 구름을 밀고 가듯 그녀의 이야기속에는 강력한 바람이 불어옵니다.

그녀의 삶의 색은 다양합니다, 그래서 더욱 선명하게 보여집니다. 그녀는 매일매일 여행하는 삶을 사는 듯하지만 조금만 들여다보면 열정과 도전이 넘쳐 납니다. 패션 사업만 하기도 시간이 부족할 것 같은데 패션디자이너, 서양화가, 칼럼니스트, 최근 들어서 일본에 라이선스까지 팔아 일본에서 방송하는 그녀는 멋진 사람입니다.

그녀가 경영하고 있는 몬테밀라노는 2001년 디자이너가 만든 시니어들의 패스트패션이라는 슬로건으로 탄생하여 패션 유통계에 블루오션을 선보였습니다. 패스트패션이 무엇인지도 모르는 한국에서 자라(ZARA)보다 유니클로보다 먼저 한국에서 브랜드를 런칭을 한 그녀는 확고한 철학으로 시니어들에게 행복을 판매하고 있습니다.

도전과 열정으로 끝나지 않고 결과로 만들어내는 진정한 멋진 삶을 살아가고 있는 오서희대표의 삶의 철학이 이 책에 고스란히 담겨있습니다.

라사라 패션학교 유주화 이사장

나의 삶은 땜빵의 역사

2022년도 4월이었다. 인생 최초의 초대 개인전을 인사동에서 했다. 기생집을 개조해서 만든 산촌이라는 사찰 음식집과 함께 운영하고 있는 60여평의 갤러리였다.

그것도 3주 남겨놓고 제안이 들어왔다. 2주씩 1년 동안의 전시 스케줄이 꽉 차 있는 곳인데 나에게 3주 전에 초대전 제안이라니! 누군가 펑크내지 않았다면 내 차례가 오지 않았을 것이었다. 이유인 즉 대통령 선거에 당연히 이재명 후보가 될 줄 알았는데 윤석열 대통령이 되었기에 전시 퍼포먼스를 하려고 했던 것이 무산되었다고 했다. 나를 소개해준 마포 미술협회장도 그곳에 함께 하고 있는 7~8명의 화가분들도 모두 민주당 지지자들이었다.

대표이신 스님이 민주당 지지자들이 내 주변을 둘러싸고 있는 가운데 나에게 어느 당 지지하냐고 물으셨다. "저는 사업을 하기에 당은 없습니다. 매장이 경상도 전라도에 모두 있기 때문입니다." 옆에 있던 화가가 그래도 민주당 쪽이어야 하지 않냐 고 물었다.

"만약 있다면 국민의 힘에 조금 더 가깝지 않을까요" 말했더니 스님은 사업하는 사람은 당의 색이 없어야 하는 것과 그 자리에 있던 모든 화가들이 호남 출신인데도 자기 의사를 밝히는 모습에 초대전시 작가로 나를 적극 지지하셨다.

초대전을 한다는 것은 화가라는 것을 세상에 공표하는 행위이다. 나의 첫 초대전시는 민주당의 유명 작가들이 하기로 한 것을 국민의 힘에 가까운 내가 하게 된 한마디로 땜빵이었다. 그 후로 3주동안 잠을 1~2시간 자면서 낮에는 옷을 만들고 새벽과 밤에는 그림을 그렸다. 당일 날 150여명의 친구들이 축하하러 와주었다. 스님은 십 수년동안 이렇게 사람이 많이 온 것이 처음이라고 하셨다.

그러고보면 내 인생과 사업 자체가 땜빵으로 시작되었다. 누군가의 빈자리가 나면 메꾸는 역할을 하였고 역할이 주어지면 그럴싸하게 해내서 아무도 내가 땜빵인지 모르게 했다. 마치 원래 그곳에 있던 사람처럼 보이려고 온 영혼을 집중했다.

입장 바꾸면 그런 사람을 또 찾는 것은 당연할 것이다.

초대전을 하겠다고 미팅을 했던 날, 내가 하지 않으면 급한 것은 갤러리 측이었을지 모른다. 스님에게 제안을 하였다. "제가 이곳에서 초대전을 하겠다는 말을 하면 분명히 저는 저를 온전하게 쏟아부어 작업을 할 것입니다. 그러나 이곳만 전시하고 만다면 저의 수고가 아쉬우니 연이어서 스님의 고향인 여수에 가서 전시를 이어가게 해주세요" 스님이 이 정도의 위치를 만들었다면 지역에서 유명한 분이실꺼라 생각해서 제안 드렸다. 인사동 초대전 이후에 여수로 향했다. 마띠유 호텔과 예술랜드 안에 있는 세상에서 가장 아름다운 베이커리 카페 라피크까지 4달동안의 여수 전시를 이어갔다.

마띠유 호텔의 갤러리는 코로나로 문을 닫고 있다가 감사하게 전시로 재 오픈하게 되었고 여수 앞바다를 품은 라피크는 칼라풀한 동물 그림들이 마치 춤을 추는 듯했다. 나는 그때, 이런 표현을 썼다.
[나는 동물들을 데리고 다니는 서커스 단장이야]

땜빵은 늘 3명의 집단이 존재해야 한다. 갑자기 못

하게 된 자, 중간자 그리고 대신 메꾸는 자! 우리는 늘 3명의 역할을 돌아가면서 살고 있는 지도 모른다. 언제는 내가 신세를 지고 언제는 내가 중간자로 발을 동동 구를 것이며 언제는 대신해야 한다. 타인과는 물 흐르듯이 하면서도 나의 생각을 말하고 설득하며 살아야 내가 사라지지 않고 타인 가운데서 나를 잃지 않을 것이다.

책 제목인 꼴값! 꼴의 값이 어떻게 탄생되었는가! 출판사 대표님과 대화하다가 내가 갑자기 물어봤다. "지금 하신 말씀! 꼴값이 안되는 내 자신을 알기에 목사가 되지 않았다는 말!!! 꼴값! 꼴의 값을 책 제목으로 쓰겠습니다."

남의 말을 경청할 때는 온 우주의 느낌으로 상대의 말을 듣고 그의 생각 속에 나를 빠뜨린다. 상대가 듣는 이의 초집중을 알면 기분이 좋아서 마치 신들린

듯 말할 것이다. 그리고 헤어지고 나서도 나를 좋은 이미지로 생각할 것이다.

백발의 대표님에게 꿈이 무엇인가요 물었다. 선교 사업이라고 하셨다.

"대표님 그 꿈을 제가 살께요. 인세를 기부하겠습니다."

이 책을 통하여 내가 가지는 인세의 66%는 선교 사업과 인사동 미술계에 기부하기로 약속했다. 좋은 사람을 분야별로 아는 것에 대해서 나는 출간 전부터 인세를 이미 받았다고 생각했다.

2024.10.11 오서희

차 례

01

재롱은 세상물정 아는 이가 부리죠

　백화점 엘리베이터에 안에서 있었던 일이다. 5명 정도의 사람들이 엘리베이터 안에 있었는데 마침 1살 정도 된 아가를 태운 엄마가 유모차를 밀고 들어왔다.

　천사의 얼굴을 하고 있는 아가에게 80세가 넘어 보이는 노신사가 우스꽝스러운 모습으로 아가를 웃게 했다. "까꿍까꿍~" 하면서 말이다. 다른 이들은 모두 아가의 웃는 모습을 보면서 미소를 지었다. 아가는 세상 편안하게 유모차에 누워 노신사의 재롱을 보며 까르르 웃고 있었다.

　그 광경을 보면서 문득 과연 누가 어른인가 생각하

게 되었다. 분명히 세상 나이는 노신사가 아가보다 80세는 많은데, 어쩌면 편안하게 누워서 세상을 즐기는 아가가 더 나이가 더 많은 게 아닌가 하는 생각이 들었다. 혹시 전생과 후생이 있다면 아가는 전생에 우리보다 나이가 많았기에 편안하게 누워 재롱을 받아주는 것이 아닐까?

세상에 살고 있는 모든 이들은 세상 나이로는 적고 많음이 있지만 동시대에 살고 있으니 우리는 모두 동갑인지도 모른다.

02
나는 무수리지만 왕은 내가 고른다

이른 나이에 유통에 뛰어들어 파트너사들이 많다. 그 중의 한 파트너사 얘기를 하려고 한다. 그녀 역시 20년이 넘게 사업체를 운영하고 있다. 그녀는 내가 대표로 있는 회사의 브랜드 라이선스를 일본에 팔아 로열티를 받게 해주는 브랜드 에이전트이다.

"왜 우리 브랜드를 선택해서 로열티를 받게 하나요?"

내가 묻자, 그녀는 겸손하면서도 당당하게 얘기를 들려주었다. 참고로 그녀를 안 지는 10년 정도지만 함께 사업을 해보진 않았다. 서로의 성향과 성격을 알고 있을 뿐이다.

"저는 브랜드를 적합한 곳에 소개해주는 일을 하는 브랜드 에이전트예요. 뒤에서 조용히 서포트를 하죠. 절대로 나대거나 하지 않고 주인공인 브랜드가 드러나게 하는 역할이죠.

저는 무수리예요. 그러나 왕은 제가 고릅니다"

그녀의 말에 머리를 탁 맞은 느낌이었다. 자기가 좋아하는 사람과 일을 하면 시너지가 더 난다는 것을 정확히 알고 있다. 돈밭에 있어도 돈을 갖지 못할 때가 많다. 적게 벌어도 내가 좋아하는 사람과 함께 한다면 무엇을 해도 즐겁고 힘든 것도 조율할 수 있으나, 싫은 사람은 이해하고 싶지 않고 그냥 접고 싶은 게 사람의 마음이다.

말은 그리 해도 몸소 실천하는 것은 쉬운 일이 아니다. 언제 자신의 철학이 흔들리는가를 보면, 돈 보따리가 눈 앞에서 아른거릴 때 흔들리는 경우가 많다. 그때는 그 돈을 가질 것 같지만 시간이 지나면 결국 갖지 못한다. 처음 세운 계획을 그대로 실행하는 것은 대단한 일이다. 많은 이들은 계획을 세운다. 그러나 현실에 계획을 밀착시키기는 쉽지 않다. 나 역시 그 중의 한 사람일지도 모른다.

자신의 위치를 아는 것! 그것은 형태가 없는 물과 같이 상대의 꼴에 맞춰서 내 형태를 변화시키는 것이다. 그러나 나의 형질이 바뀌진 않아야 형태를 자유자재로 바꿀 것이다. 그래야만 진정한 자유로 나의 몸이 가벼워져 날 수 있을 것이다.

03
적군이 없다면 아군도 없다

모임에서 어느 분이 이런 얘기를 했다.
"저는 적이 없어요. 중용을 지키죠."

그 말을 듣고 내가 이런 얘기를 했다.
"적군이 없다면 아군도 없을 수 있지 않나요?"

그분은 한 번도 생각 못 했다며 고개를 끄덕였다.

중용은 나만 중간으로 있어서는 안 된다. 상대도 나와 비슷해야 쉽게 중용을 이룰 수 있다. 이익과 손해를 따져야 할 때는 중용을 지키기 쉽지 않다.

상대가 편파적인 사고를 할 때 합리적 판단을 하게

도움을 주어 함께 중용으로 마무리 짓게 하는 것이
진짜 적이 없는 것이 아닌가 싶다.

　상황에 따라, 중용만 지키려 한다면 그 중용이 독이
되어 '줏대 없는 사람'이 될 수도 있다.

　본인의 평판이 평균 이상이라면 적이 있다는 것을
두려워할 필요는 없다.

　평상시의 태도가 별로인 사람의 험담까지 신경 쓰면
서 중용을 지킬 필요는 없지 않나 싶다.

04
효도의 모순

엄마 형제들이 미국 엘에이(Los Angeles)에 사신다.

외할머니가 돌아가시기 전까지 요양원에 계셔서 우체국 다니는 막내 이모는 퇴근 후, 주 2회 들러 목욕도 시켜드리고 말동무도 되어드렸다.

그 당시 내가 경영하는 브랜드가 엘에이에 지사를 두고 있어 미국에 갈 때마다 이모와 함께 할머니에게 갔었다.

"이모는 참 효녀야."

나의 말에 이모가 생각지도 않은 얘기를 했다.

"효도라고 남들은 내게 말하지. 근데 할 여건이 되는 사람이 나밖에 없잖아. 그래서 하는 거야. 자식들이 다들 멀리 흩어져 있고 가장 가까운 나밖에 할 사람이 없어서 한 건데 사람들은 효심이 깊다고 하네."

이모 말에 많은 생각을 하였다.

효도는 과연 무엇인가? 과연 효에는 모순이 없는 걸까?

05
과일을 사가지고 가서도 엄마에게 혼났다

　부모님 댁에 갔다. 아무 것도 들고 가지 않았는데 마침 아파트 앞에 트럭에서 7개에 만 원 하는 배를 팔았다. 엄마에게 검정 봉지에 담긴 배를 드렸더니 엄마가 한 마디 하셨다.

　"이번은 받지만 다음에는 받지 않겠어. 너는 백화점에 가서 좋고 큰 거 사다 먹으면서 엄마에겐 검정 봉지에 담긴 배를 사다 주는구나! 엄마가 이 말을 하는 이유는 훗날 엄마가 이 세상에 없을 때, 네가 엄마가 그리워 후회하게 될 것을 방지해주려는 거야."

　그 말을 듣고 보니 엄마 말씀이 맞았다. 나는 살 날이 엄마보다 많으니 살아 있는 날이 적은 부모님에게 좋은 과일을 드려야겠다는 생각이 들었다.

기독교인인 엄마는 늘상 얘기하셨다. 보이는 부모에게도 못하면서 보이지 않는 하나님 아버지를 찾냐고!!!

효도는 부모님을 위한 것 같지만 정작은 나를 위한 것이다.

06
때에 맞지 않는 훈수는 독이 된다

식당에서 밥을 먹고 나가는데 마침 아이 둘을 데리고 온 젊은 부부가 들어오고 있었다. 남편은 부인에게 애들 데리고 식당 안으로 들어가 있으라고 하면서 자기는 담배 한 대 피우고 가겠다고 했다. 그걸 본 주인 아주머니 왈.

"몸에도 나쁜 담배를 왜 피우세요? 그냥 들어가세요."

그와 가는 방향이 같았던 나는 그의 혼잣말을 듣게 되었다.

"몸에 나쁘다는 콜라는 그럼 왜 파는지 모르겠네.

왜 지적질을 하지!!"

　훈수는 누구에게 하는가에 따라 지적질의 동의어가
된다.

　자기가 하는 것은 맞고 타인이 하는 것은 맞지 않다
는 것을 기준으로 삼으면 적이 생길 수 있다.

　질문할 때, 대답을 요구할 때만 말을 하는 게 적을
만들지 않는 법일 듯싶다.

07
세상 학교는 바보다, 더 중요한 것으로 학위를 줘야지

2009년에 개관한 부산 롯데백화점 광복점의 개관 멤버였던 매니저님 얘기를 하고 싶다. 그분은 15년간 같은 장소, 같은 브랜드에서 고객을 맞이하고 계신다. 그것은 무엇을 의미하는가? 15년간 얼마나 많은 일들이 있었을 것인가? 15년이라는 숫자는 강인함과 우직함을 동시에 가졌음을 상징한다. 그런 사람만이 그 기간 동안 계속할 수 있기 때문이다.

얼마 전에 부산에 갔었다. 마침 어느 고객이 매장에 왔는데 엄마와 딸이었다. 매니저님은 그들과 고객과 판매하는 사람이 아닌 마치 이모처럼 말을 하셨다. 딸은 얼마 전에 아이를 낳았다는 얘기를 했고, 매니저님은 수고했다고 얼마의 돈을 예쁜 봉투에 넣어줬

단다.

나는 그 말을 듣고 눈물이 핑 돌았다. 15년이란 세월 동안 그 딸의 성장을 지켜보았고 결혼하고 아이 낳는 것까지 다 알았으니 이모가 맞다.

매니저님의 아들 결혼식이 부산이 아닌 서울에서 있었다. 많은 하객이 부산에서 서울로 집결한 것을 보고 "역시!"라는 말을 하고 싶었다.

식장에서 신랑인 아들, 그녀의 남편과 인사를 나누면서 이런 얘기를 했다.

"제가 가장 존경하는 분이시고 참 멋진 커리어 우먼이세요."
아들도 남편도 그 말에 흐뭇한 미소를 지었다.

인간은 지식보다 감정에 마음이 기운다. 그녀는 분

명 박사가 맞다. 지혜 박사 말이다. 좋을 때는 알 수 없다. 대부분 처음에는 다 잘하기 때문이다. 지혜가 많다는 것은 문제가 발생할 때 헤쳐 나가는 힘일 것이다.

한 장소, 한 브랜드에서 15년을 일한다는 것은 존경받을 만한 일이다.

세상 학교에서는 지식은 가르치나 우직함은 가르치지 않으니 세상 학교는 바보다. 더 중요한 것으로 학위를 줘야지.

그녀는 인생의 박사 학위를 받을 만하다.

08
상대가 기분 좋아야 칭찬도 효과 있다

모임에 여성 CEO가 있다. 나를 만나면 늘 사람들도 많은데도 불구하고 큰 소리로 말한다. 원래도 목소리가 큰 여성이다.

"예뻐졌어. 얼굴 어디 했어?"
기분 좋지 않은 칭찬을 반갑다는 표정과 함께 한다.

다음 모임에 친한 동생을 동반자로 데려갔다.

그때도 그녀는 사람 많은 곳임에도 불구하고 나에게 반갑다는 인사를 특이하게 했다.

"예뻐졌어. 이번엔 어디 시술했어?"

친한 동생은 그녀의 밝음과 똑같이 밝은 목소리 톤으로 응대했다.

"부러워서 그러는 거군요? 원판 불변이죠."
순간 그녀는 할 말을 잃었다.

악의가 없어도, 나쁜 의도가 아니어도 상대가 기분 나쁘면 바른 행동은 아니다. 호주 속담 중에 이런 말이 있다.

"상대방 기분을 상하게 하면 아무 것도 얻을 수 없다."

09

옷깃만 스쳐도 인연이다?
전생에도 옷깃만 스쳤다

어느 날 친구가 이런 말을 했다. 옷깃만 스쳐도 전생에 인연이라고!

그러나 나는 그렇게 생각지는 않는다. 전생에도 옷깃만 스쳤던 사람이 이번 생에도 옷깃만 스쳤다면 그냥 지나가면 되지 왜 붙잡고 있는가!

인연 중에는 악연도 많다. 내가 악연을 붙잡고 있는 것은 아닌지 생각해야 한다.

친구 중에 기자가 있다. 어느 날 고민이 있다고 상담을 해왔다. 하부 기자가 매번 오타를 내서 오타 체크하다가 하루가 다 간다고!

그녀 말에 내가 말했다.

"내보내야지. 그 기자도 자기한테 그 일이 맞는지 아닌지 모르고 다닐 수도 있어! 기자는 글로 먹고 사는 사람인데 매번 오타가 나면 그 업을 잘못 택한 거지. 그로 인해 본인만이 아니라 주변까지 같이 잘못돼. 스트레스는 절대로 혼자만 받지 않아. 쌍방이야. 그 기자도 아마 스트레스 받을 거야. 자기가 선을 그어주는 것도 나쁘지 않아. 사업을 20여 년 하면서 나 역시 그만 헤어져야 하는데 헤어지지 못하고 연민의 정으로 계속 간 경우가 많아. 연명 치료로 많은 시간과 돈을 날리고 난 뒤에야 깨닫지. 그때 헤어졌어야 하는데 어리석은 나를 발견한 후에야 알게 돼."

다음에 만난 그녀의 얼굴이 환해졌다. 이유인즉, 하부 기자를 해고시켰단다. 그 기자는 신문사를 그만두고 일반 기업체에 취업했고, 새로 들어온 기자는 오타가 없다고 했다.

　나와의 인연이 3개월인 사람도 있고, 3년인 사람도 있다.　헤어져야 할 인연을 오래 잡아봤자 서로에게 상처이다. 3개월도 인연이고, 3년도 인연이다. 짧은 인간 관계만 가진다고 자신이 잘못인가 하는 자책은 하지 마시라.

　인연의 유효 기간이 넘으면 악연이 될 수도 있다.

　좋은 인연보다 악연을 막아야 괴로움이 적다.

10
가벼운 깃털과 묵직한 돌덩이를
같이 가져야

지인들에게는 나의 삶이 자유로워 보이나 보다.

그런데 자유로운 영혼으로 살기 위해서는 생각의 무게가 가벼워야 한다. 생각이 무거우면 절대로 4차원 공간으로 들어왔다 나갔다를 하지 못한다. 생각의 무게가 0g이어야 한다. 그래야만 공간이라는 개념조차 의미 없게 옮겨 다닐 수 있다.

어떻게 하면 자유로운 영혼으로 살 것인가? 타인의 장점을 빌려 써야 한다. 타인과의 관계를 잘 맺는 것이 자유로운 영혼의 소유자가 되는 필수 조건이다.

절대적인 시간은 누구에게나 동일하게 주어진다.

그런데 동시에 여러 가지를 하려면 절대적으로 누군 가의 도움이 있어야 하고, 그 사람이 스스로 일하게 해야 한다.

또한 깃털 뒤에 묵직한 돌덩이는 보이지 않는다. 그 러나 세상에 태어난 이상 둘 다 가지고 밸런스를 스 스로 맞춰야 한다. 그래야만 진정한 자유로운 영혼의 자격을 가진다. 그러나 사람들은 깃털만 보고 아름답 다고 말한다.

그러니 이 세상 누구도 부러워할 필요 없다.

가벼운 깃털만큼 그 사람은 무거운 돌덩이를 짊어지고 있을 것이다.

11
하소연은 해결해 줄 사람에게만 한다

주변을 보면 하소연을 하는 이들이 있다. 아니, 꽤 많다.

하소연을 왜 하는 것일까?

"제가 얼마나 힘들게 일하는데요."

"저는 늘 사람들에게 잘해줘요."등등…

사회 생활을 오래 한 사람도 의외로 하소연하는 이들이 많다. 그리고 그것이 습관으로 굳어져서 자신이 하소연하는 것도 모른다. 그런 사람의 성향을 보면 의외로 나서는 것을 창피해하는 사람들이 많다. 그러나 칭찬하고 알아주면 아닌 척하면서도 좋아한다.

그렇다면 하소연을 왜 할까?

자신의 수고와 처량함을 알아달라는 것을 표현하는 게 아닌가 싶다.

어떤 이는 같은 내용의 하소연을 만나는 사람마다 한다. 그 사람과 동행하면 같은 얘기를 거의 외울 정도로 들어야 한다. 해결해줄 것도 아닌 사람에게 푸념같이 늘어놓는 것이 습관이 되어 있다.

물론 나도 하소연을 한다. 그러나 그것을 해결해줄 사람에게만 한다.

해결해주는 사람은 극히 드물기에 내가 하소연하는 것을 본 지인은 거의 없을 것이다. 이유는 나의 패를 보고서 도와주지 않고 소문만 무성하게 만드는 사람들이 더 많기 때문이다.

하소연하기 전에 그 문제를 해결해줄 사람을 찾는 게 급선무다. 하소연해서 해결된다면 매번 하겠다. 울어서 해결된다면 매일 울겠다. 그러나 그것은 아무 의미 없는 것에 시간을 허비하는 것이다.

사업을 하다 보니 늘 사업이 어떠냐고 사람들은 물어본다. 그럴 때마다 나는 "괜찮아요."라고 얘기한다. 내가 그렇게 말을 하는 이유는 그래야 "누구는 힘들다는데." "누구는 지금 큰 일이라는데."하며 타인의 패를 나에게 말해주기 때문이다. 사실 그 패를 알려줘도 상관은 없기에 하는 말이겠지만 내 패도 그리 돌아다닐 것이다.

24년간 사업을 하면서 보아온 사람들의 데이터를 보면, 큰 프로젝트의 수장이 하소연하는 것은 본 적이 없다. 하소연이 습관인 사람에겐 프로젝트의 장급 직급은 오지 않을 것이다.

　감내할 것은 그냥 내 몫이다. 누가 알아주건 아니건
상관없다.

　묵묵히 하는 것!
　그것은 내가 나에게 창피하지 않기 위함이다.

12
황혼 이혼 하려는 고객을 막다

내가 경영하고 있는 의류 매장에 갔는데 고객 두 분이 계셨다.

60대 후반 여고 동창이라고 하였다. 디자이너인 것을 알고는 옷 얘기를 하다가 우리는 금세 친해졌다.

친해지니 속 얘기를 하는데, 고객님 중 한 분은 황혼 이혼을 하려고 하셨다. 딸 아이가 결혼하는데 결혼 준비하는 딸을 보면서 남편분과 엄청 싸운 모양이다.

"딸이 결혼만 하면 황혼이혼 하려고 해요."

내가 막아서 그렇지, 남편에게 속상한 이유를 100

가지는 얘기하시려고 했다.

 이런 얘기 하면 어떨지 모르지만 귀여웠다. 들어보니 남편분도 이해가 갔다. 그래서 내가 말했다.

 "황혼 이혼요? 이혼하겠다고 마음 먹으면 하고 안 하겠다고 마음 먹으면 안 하신다니, 바깥분의 선택과 상관없이 큰 결정을 내리실 수 있다니!!! 요즘 그런 분 만나기 어려울걸요?"

 친구 분 왈,
 "거봐, 디자이너 선생님이 잘 봤네. 너희 남편 같은 남자가 어디 있니?"

 고객님은 황혼 이혼 안 하고 그냥저냥 사시겠다고 하셨다.

 옷 하는 사람으로서 고객을 만났지만 한 남자분을 구했다.

13
내가 건강한 건 엄마의 무관심 덕이다

코로나 때, 나는 맨날 돌아다녔다. 평상시와 마찬가지로 돌아다녔다. 그렇게 다니고도 코로나에 걸리지 않은 게 희한하다고 사람들은 말했다.

나는 평생 감기는 물론 몸살도 나지 않았다. 평생 한두 번 났을까?

왜 그럴까 곰곰이 생각해보니 엄마 때문, 아니, 엄마 덕분이다.

엄마에게 몹시 서운했던 날이 있었다. 초등학교 저학년 때로 기억한다. 자고 일어났는데 머리가 몹시 아팠다. 그래서 응석을 부렸다.

"엄마, 머리가 너무 아파서 깨질 것 같아."

그러자 엄마가 말했다.

"네가 혹시 친구 누구를 미워했나 생각해봐. 분명히 누군가를 미워했으니까 머리가 아프지!"

엄마가 약을 사주고 병원을 데려다 주길 바랬다. 학교에 가고 싶지 않아서 아프니 가지 말라는 말을 듣고 싶었다.

돌이켜보면 나이가 어린 때였지만 나는 내가 어렸다는 생각을 하진 않는다. 어리다, 어리지 않다는 생각 자체를 하지 않는다.

신기한 일이다. 엄마가 그렇게 말하니 최근 친구 누

구를 미워했나 돌아보게 되었다. 친구를 미워하려는 마음이 들려고 했던 일마저 마음에 걸렸다.

대걸레로 바닥을 닦다가 내 신발 위로 대걸레를 떨어뜨린 친구 때문에 기분이 상해서 머리가 아픈가? 기분이 상해서 친구를 째려본 걸 친구는 못 봤어도 하나님은 아시니 내 머리가 아픈가? 그러다가 몇 시간 지나니 머리 아픈 게 저절로 나았다.

어린 시절 나는 약도 먹어보지 않았고 병원에도 가지 않았다. 그러다 보니 약 없이 자연치유하는 법을 알게 되고 내 자신도 되돌아보게 된 게 아닌가 싶다.

과거 엄마의 무관심이 자잘한 병치레가 없는 이유, 나의 건강 비결이 아닌가 싶다.

14
내가 과연 사업할 성격이 맞나 싶다

지금은 없어진 중국 L백화점에는 내가 수장으로 이끄는 브랜드가 입점되어 있었다. 그 중에 심양점의 한족 여성 팀장이 한 얘기는 평생 기억에 남을 것이다.

그녀의 말은 이랬다.

"중국 속담에는 이런 말이 있어요. '제갈공명 한 명보다 일반인 세 명의 합이 낫다.'"

그녀는 중국 국문학을 전공한 엘리트 여성이다.

인생을 살면서 외울 정도로 가슴에 와닿는 말을 책

으로가 아닌 직접 듣는 일은 흔하지 않다. 그녀와 함께했던 철학적인 대화의 술자리는 평생 기억하게 될 것이다.

중국 L백화점 매입부가 있던 베이징에 한국 전무에서 부사장으로 발령 받아 책임자로 가신 분이 계셔서 인사차 방문했다. 그분이 나에게 중국 L백화점에 입점하지 않겠냐고 하셨다. 그러면서 그분의 고민을 말씀하셨다. 한국 브랜드들이 입점할 줄 알았는데 정작 하지 않는 게 현실이라는 것이었다.

그의 요청에 나는 중국 L백화점에 입점하겠다고 말했다. 방문한 그날 바로 도면을 보여주고 자리를 고르라고 했다. 정말로 급했던가 보다. 다른 업체 사장이었다면 생각해보겠다고 했을지도 모른다.

일사천리로 몬테밀라노는 중국에 입점했고, 예상

했던 대로 매월 적자를 보았다. 직접 가보니 우리가 입점한 층에 군데군데 매장이 비어 있는 게 현실이었고, 그것을 알고 입점했기에 적자가 어느 정도면 감내한다고 생각했다.

나는 사업하는 사람인가?
스스로에게 끊임없이 반문한다.

사드 때였다. 입점한 매장보다 비어 있는 곳이 더 많았던 동마루점에서도 입점 요청이 와서 또 NO를 못 하고 수락했다. 팀장이 본사까지 직접 와서 입점해달라고 부탁했기 때문이다. 사실 입점하면 안 되었다. 지금 사정도 좋지 않아서 거절했어야 했다. 다른 브랜드들은 어차피 NO를 말할 테니 우리에게 온 것이다.

중국 L백화점에 두 곳이 입점되어 매월 3~4천만

원 적자인데도 또 입점을 했다. 중국은 워낙 넓어서 매장 순회하려고 비행기로 3~4명이 다니면 비행기 삯, 호텔비 등 경비가 많이 든다. 거기에 나도 가야 하고 신경을 계속 써야 하니 힘들었다.

고추장 없는 떡볶이를 한국 음식이라고 중국에서 팔아야 하니 처음 계획과 현실이 다를 것이다. 하드웨어는 전세계 어디에 내놔도 손색없이 훌륭했다. 문제는 소프트웨어가 따라주지 않았다. 한국의 큰 회사는 입점 안 할 것이고 우리 같은 중소기업은 들어와야 하는데 들어오지 않았다. 매장 채우느라 직원들도 힘들었을 것이다. 그렇다고 내가 돈이 많은 큰 회사도 아닌데, 그 돈으로 옷을 더 만들어 한국 매장에 주면 좋았을 텐데 하는 생각도 많이 들었다. 돈을 버는 것이 사업의 목표라면 나는 사업할 사람은 아님에 틀림없다.

만약 당신이 나라면 입점할 것인가?

몇 년이 지난 지금은 중국 L백화점 실무자들이 거의 없는 게 현실이다. 아마도 오너분만 그대로 계신게 아닌가 싶다.

15
순수한 마음의 **진짜 의미**

뷰티 사업하는 친구가 어느 날 나에게 물었다.

"같은 여성 친구가 있어. 죽이 너무 잘 맞아서 열흘 동안 매일 통화했어. 그녀는 방송하고 싶다고 해서 네이버 라이브에 출연하게 했어. 나는 그녀의 사업에 도움을 주려고 최선을 다 했어. 내가 얼마나 잘해줬는데! 나는 늘 상대에게 맞춰줘. 너도 알잖아! 근데 그녀가 갑자기 내 전화를 받지 않아. 왜 그럴까?"

그녀의 질문에 답은 벌써 나와 있다.

'나는 상대방에게 최선을 다했어. 내가 얼마나 잘해 줬는데! 내 전화를 왜 갑자기 피하는지 모르겠어!'라는 말!!! 누가 누구에게 잘해줬는가! 내 마음이 순수하더라도 상대는 그리 보지 않을 수 있다. 그녀는 상대에게 맞춰준다고 말하지만, 상대도 그녀가 자신에게 맞춰준다고 생각할까?

진짜 순수한 것은 나의 이득이 적음에도 불구하고 상대를 위해주는 것이다.

이득이 뻔하게 나는 것을 알고 있는데 마치 도와주는 것처럼 한다면 스스로에게 '순수'라는 포장지를 씌우고 싶어하는 것으로 보인다.

16
무례한 사람에게 **나도 무례했다**

협회 모임에서 있었던 일이다. 내가 앉은 테이블에는 S대학교 교수도 있었고 임원들도 있었다. 나는 휴식 시간에 이런 얘기를 건넸다.

"제 조카가 배우가 되려고 해요. 연예인 차은우와 송강 둘의 모습을 닮았어요."

그러면서 사진을 가까운 옆자리 사람에게만 보여 줬다.

그 말이 끝나자마자 내가 앉은 자리 반대쪽에 앉은 모 브랜드 대표가 큰 소리로 내뱉었다.

"어디다가 차은우래~"

사진을 보지도 않고 하는 말이었다. 팔이 안으로 굽어서 내가 그리 말을 했다고 하더라도 그런 말을 하는 것은 비매너였다. 그래서 나도 비슷한 방식으로 무례하게 대했다. 그분은 즉시 내게 사과했지만 나는 받아주지 않았다.

평상시에도 그분은 말을 무례하게 했지만 내가 아닌 타인에게 하는 것이기에 신경 쓰지 않았다. 사람들은 무례한 사람의 말에 가만히 있는 경우가 많다. 그리고 그 사람을 좋아하지 않으면서도 계속 같이 모임에 나온다.

선택할 수 있는 모임이라면 나에게 무례하게 하지 못하게 하는 것이 맞다고 생각한다. 모임은 좋은 관계이거나 보통 정도의 관계여야지 무례한 사람이 기득권을 가지면 안 된다고 생각한다.

하지만 집에 가서 후회했다. 그의 태도가 비매너라

는 것을 같은 테이블 사람들이 이미 알았을 텐데 굳이 같은 방식으로 응대했다는 것이 부끄러웠다. 그렇다고 가만히 있었다면 테이블에 있는 사람들에게 내가 우스운 꼴로 비쳐졌을 수도 있다.

그런 일이 벌어진다면 어떻게 하는 것이 좋을까? 그런 경우는 종종 사회 생활에서 겪을 수 있는 일이다.

상대도 미안하게 만들고 같이 있던 사람들에게 나의 면도 세울 수 있는 방법이 무엇일까?

"대표님~~ 괜찮으세요?"

두세 번 반복하면 사람들도 웃을 것이고 내가 더 지혜롭게 보였을 것이다.

집에 와서 나의 부족한 지혜로움을 탓했고 지금도 반성한다.

17
블루오션이란? "말도 안 돼~"라는 얘기를 듣는 것!

나는 몬테밀라노(Monte Milano)라는 신시니어 패션 브랜드를 2001년 백화점에서 런칭했다. 그 전에는 프랑스 브랜드 레오나드 (LEONARD)에서 바이어를 했었다. 레오나드의 프린트는 마치 서양화 같았고 소재는 실크였으며 가격은 샤넬보다 30% 더 고가였다. 물론 고객은 시니어들이었다.

그 후로 기존에 없는 것을 해야겠다 싶어서 창업을 하게 되었다. 서양화 같은 프린트로 물빨래를 할 수 있는 소재를 사용했다. 또한 백화점을 유통 기반으로 중가 가격으로 책정하고 시니어들을 타겟으로 했다.

이것은 확실히 블루오션이다. 이런 방식은 기존에 없었다.

그런데 사람들에게 런칭 전에 이렇게 하려고 한다고 말했더니 그게 말이 되냐고, 손익이 맞지 않을 것이라고 했다.

사람들은 기존에 있는 것을 기준으로 데이터로 생각한다. 없다면 안 된다고 말한다. 사람들이 말도 안 된다고 하는 것! 그것이 바로 블루오션이다.

그 후로 나는 사람들에게 자문을 구하지 않았다.

나는 24년간 시니어들의 캐주얼 브랜드를 업으로 삼고 있다.

18

어떻게 일본에 라이선스를 팔게 되었는가!

나는 한국 최초로 K 패션 브랜드 몬테밀라노를 일본에 라이선스로 팔았다. 덕분에 최고의 경제지 포브스에서 단독 인터뷰도 하게 되었다. 일본에서 브랜드로 인정받아 로열티를 받게 되었다.

일본 QVC생방송에서 나는 한국어로 쇼핑 호스트와 진행하였고 일본 전역에 방송되었다. 방송하면서도 어깨가 무겁다는 생각을 하였다. 첫 방송임에도 불구하고 목표치를 넘겼다. 그 이유는 한국 디자이너가 TV에 나와서 한국어로 옷을 파는 것이 신기했기 때문이라고 하였다.

일본과 최종 도장을 찍기까지는 우여곡절이 있었다.

여러 번 인터넷 회의를 했고 샘플도 일본에 보내줬다. 그런데 답이 없었다. 한국에 있는 에이전시에게 일본 QVC에 내가 방문하고 싶다고 전달을 부탁했다.

"한번 가봅시다. 그들이 우리에게 창피 주지는 않겠죠. 그동안 몇 번의 인터넷 회의도 했으니 말입니다. 만나봅시다."

나의 말에 그녀는 머뭇거렸지만 전달해보겠다고 했다. 가서 창피를 당해도 그런 일은 나에겐 사사로운 것일 뿐이고 아무렇지 않단 생각이 크다.

안 하면 안 하고, 하면 하지, 답이 없는 게 더 불편했다. 투자한 시간은 아깝지만 아니면 빨리 포기해야 한다. 어쩌면 희망 고문은 그들이 시키는 게 아니라 내가 나에게 시키는 것인지도 모른다. 희망 고문은 받고 싶지 않았다.

커다란 트렁크에 옷을 10세트 코디를 해서 들고 갔다. 마침 본부장이 여성이었다. 인터넷 화상 회의로 대화했던 팀장 대신 결정권자인 본부장이 갑자기 찾아온 나를 맞아주었다.

내가 불편하면 그녀도 불편할 것이다. 엉뚱한 얘기를 꺼냈다. 그녀는 내 질문에 얘기를 하면서 가까워졌다. 마침 그녀가 뉴욕에서 대학원을 다녔다고 하길래 그 전까지 통역을 통해서 대화하다가 내가 먼저 영어로 말을 걸었고 그녀 역시 영어로 답을 하였다. 우리 사이에는 통역이 필요 없었다. 느낌이 바로바로 전달되었다. 그리고 이어서 말을 건넸다.

"한국에서 들고 온 옷을 보여드릴까요?"
물 흐르듯이 자연스럽게 품평회로 이어졌다.

그때 그 자리에 같이 있던 일본 투자자, 일본 디자이너 그리고 에이전시는 후에 이렇게 말했다. 그날 일본 QVC를 찾아가는 나의 무대뽀 정신이 없었다면 계약이 되지 않았을 것이라고!

패션 유통인들이 어떻게 일본에 브랜드 라이선스를 팔았냐고 물으면 무대뽀와 솔직함 때문이라고 말하고 싶다. 중요한 것은 그 누구도 업신여기지 않는다는 것, 내 자신이 나를 업신여길 뿐이라는 것이다.

사람들은 나를 하대하지 않는다.

내 자신이 하대 받을 것을 미리 걱정하는 것뿐이다.

19
갑으로 세상을 **살아가려면?**

엄마는 오래 전에 이런 얘기를 하셨다.

"커다란 회사의 오너도 밖에 나가면 동네 아저씨고 할아버지야. 그 사람이 회사에서만 대장이니 너는 굽실대지 말아라! 오히려 굽실거리는 게 매력적이지 않아! 네 얘기를 솔직히 공손히 해."

엄마 말씀에 큰 깨달음을 받았다.

창업 전, 직장 다닐 때 모셨던 분은 우리 엄마보다 연세가 더 많은 여성분이셨다. 사업하는 분이시니 사람 보는 눈이 과히 '사람 무당'일 것이다. 오너분과 얘기 나눌 때, 나는 말을 돌려서 하지 않고 솔직히 당당히 대화를 하였다.

같이 해외에도 가고, 자잘한 행동으로 혼도 많이 났지만, 그런 것에 나는 전혀 주눅들지 않았다. 주눅은 상대가 나를 들게 하는 게 아니라 스스로 드는 것이란 생각을 했었다. 상사는 내가 잘못했기에, 돈을 더 벌 것을 덜 버니 뭐라고 할 수 있는 거라고 생각했다.

바로! 즉시! 알겠다고 하고 기분 상한 모습을 일절 표내지 않았다. 직원의 얼굴이 굳어져버린 것을 아는 순간 눈밖에 날 것은 뻔한 일이다.

조직에서 답이 있다면 그 답은 상사의 말이란 생각을 했었다.

우리는 알게 모르게 갑과 을로 세상을 살아가고 있다.

아들에게 엄마는 을인 경우가 많고, 사랑하는 연인 사이에는 더 사랑하는 사람이 을이 된다. 그 외에도 상당히 많은 이들이 맞지 않은 일에 머리를 조아린다. 큰 자산가, 권력자에게 머리로는 분명 아닌데 맞다고 칭송해버리고 스스로 을의 좌표에 자신을 놓는다. 어쩔 수 없을 때도 물론 있을 것이다.

그렇다면 어떻게 을이 아닌 갑으로 세상을 살아갈까?

내가 찾아낸 답이 있다면?
상대에게 바랄 게 없으면 갑으로 세상을 살아갈 수 있다.

직장에서 사장이나 상사가 갑인가? 내가 을인가? 아니다!

우리는 파트너이다. 그의 성장을 위해서 내가 필요한 것이고, 나의 성장을 위해서 그가 필요한 것이니, 우리는 파트너이다.

솔직하고 당당하게 겸손하게 주변을 대하라!

그것이 갑으로 사는 유일한 방법이다.

내 말이 틀려도 일단 말을 해본다. 상사가 뭐라고 하면 어떤가!

상사는 내가 미워서 뭐라고 하는 것이 아니라 나보다 경험치가 더 있어서 맞을 확률이 높아서 뭐라고 할 수 있는 것이다. 상사가 뭐라고 해도 웃어 넘기게 하는 것이 하부 직원이 가져야 하는 유머 스킬이라면 그 스킬을 내가 스스로 개발해야 한다.

내 의견을 말하지 않으면 나는 회사에서 무슨 말을 할까?

나는 말하면서 살고 싶다.

나는 능동적으로 세상을 살고 싶다.

20
바꿀 수 없는 것은 **빨리 순응한다**

직장 다닐 때, 명품 브랜드 바이어를 했었다. 그러다 보니 해외 출장을 자주 다녔다.

말이 바이어지, 어쩌면 오너의 개인 비서를 넘어서 집사였다.

오너는 우리 엄마보다 연세가 많은 여성분이셨다. 우리는 한 방의 트윈베드를 사용하였다. 욕실을 사용할 때는 먼저 욕실을 사용해야 했다. 전날 오더한 제품에 대해 방에서도 계속 얘기하면서 24시간 일을 하였다. 그때가 내 나이 20대 때였는데 나는 오너가 이해되었다. 10억씩 주문하는데 왜 걱정이 안 될까?

부자도 돈이 없다. 부자는 큰돈을 써야 하니 돈이

없고 작은 부자는 작은 돈이 없으니 돈이 없다.

　나는 오너와 한 방을 쓰는 것이 불편한지 아닌지 자체를 생각하지 않는다. 내가 돈을 낼 것도 아닌데 불평은 의미가 없다. 설령 내가 돈을 낸다고 치자. 나와 한 방을 쓰는 게 나보다는 오너분이 더 기분 나쁠 것이다. 회사의 녹을 먹는 이상 나의 의견은 무시당했다고 해도 그닥 기분 나쁘지도 않다. 나는 의미 없는 것에 내 감정을 허비하지 않는다.

　사회에서 만난 동종업계 기자가 나에게 물었다.

　"오너랑 같은 방을 쓴다면서요? 그 브랜드MD는 그런다는 얘기를 들었어요."

　어떤 얘기를 그녀는 내가 하길 바라는 것일까?

　오너에 대한 험담을 내 입에서 듣고 싶은 것일까?

그 말 대신에 나는 이런 말을 했다.

"내가 바꿀 수 있는 것과 없는 것이 있지요. 바꿀 수 있는 것에만 불평합니다. 바꿀 것이니까요. 바꿀 수 없는 것은 아주 빨리 순응하겠어요."

21
반려동물이 별이 될 때
최단 시간 극복 방법

강아지, 고양이를 가족이라 생각하는 사람이 많다. 나 역시 그 중의 한 명이다. 두 마리의 푸들을 6개월 사이로 하늘로 보냈다. 둘 다 생후 8주 때 입양해서 17년을 같이 살았다. 침대에서도 늘 같이 잤고 집에서도 안고 다닐 정도로 끔찍하게 좋아했다.

죽기 몇 년 전부터 동물병원 의사 선생님에게 "아이들이 죽으면 너무 슬플 거예요. 생각만으로도 너무 슬퍼요."라고 얘기했더니, 선생님은 이렇게 말했다.

"아이들은 좋은 주인을 만나서 지상에서 잘 살다가 갔어요. 주인도 좋은 강아지 만나서 함께 행복했어요."

어떻게 하면 슬픔을 빨리 극복할까? 내 케이스가 답인지는 모르나 가장 빨리 현실로 돌아온 사례를 말하려고 한다.

장례업자들이 강아지 유골로 목걸이, 팔찌를 만들거나 강아지와 똑같은 형상의 조각상을 만들어 판매한다.

그러나 슬픔은 내 주변에 남겨두지 말아야 한다는 것이 포인트다.

나는 현실로 빨리 돌아가서 내 일상으로 돌아가야 하는데 슬픔의 물건들을 주변에 둔다는 것은 슬픔과 함께 하는 것이다.

또한 추모공원에 유골을 두지 않는다. 어떤 것이든지 형상을 만들면 생각이 나게 되고 찾아가게 된다.

또 슬퍼진다. 나의 경우는 집 앞, 나무 아래에 유골가루를 묻었다. 마치 수목장처럼 말이다.

그리고 똑같은 색상의 푸들을 입양하였다. 몇 개월 성장하니 금세 기존의 강아지와 흡사해졌다. 미용실도 같은 곳을 이용했더니 슬픔 극복에 지금 아이들이 오히려 큰 도움이 되었다.

반려동물은 왜 키우는 것일까? 다 내 자신의 행복 때문이다.

불쌍해서 유기견을 데리고 왔다 해도 마찬가지다. 데리고 오지 않았다면 내가 행복하지 않을 것을 알기에 데리고 왔을 것이다.

무엇이든 다 나 때문이다.

22
옳지 않은 험담에 동조하지 말자

밤 12시쯤에 화가 몹시 나서 풀고 싶어하는 패션 기획사의 여성 대표가 "주무세요?"하면서 전화를 해 왔다.

괜찮다고 하고 그녀의 얘기를 들어보았다.

화가 난 대상은 나도 그녀도 잘 아는 A라는 사람이다. 그녀가 데리고 있던 직원이 퇴사해서 자기와 똑같은 패션 기획사를 차렸는데 A가 패션쇼 프로젝트에서 직원을 픽업하고 자신을 떨어뜨렸다고 했다.

A의 평상시 언행을 보면 아주 훌륭한 성품을 지녔다.

그런 A를 그녀는 험담했다. 그녀 얘기를 들으니 속이 상할 만했다. 그러나 함께 험담할 수는 없었다. 이유는 불 보듯 뻔하다. 왜 A가 그녀를 떨어뜨렸는지 말이다. 직원이 더 싸게 제안했을 것이다.

화가 몹시 난 그녀에게 어떤 말을 해주어야 할까? 그렇다고 무작정 동조하기엔 내 이성도 허락하지 않았다.

"그 직원도 배운 게 기획 일이니 창업해서 같은 일을 하는 게 이해됩니다. 그러나 나뿐만 아니라 모든 패션인들은 선생님이 최고의 기획자란 것을 알기에 분명히 A도 알 것입니다. 그 직원의 기획이 별로라면 선생님에게 다음 프로젝트를 맡길 것입니다."

옳지 않은 험담에 동조할 수는 없었다.

한 달 뒤에 A를 만나게 되었다.

나는 잊고 있었는데 이런 얘기를 꺼냈다.

"기획자분을 얼마 전에 만났어요. 대뜸 대표님 얘기를 하시네요. 밤 12시에 저에 대해서 그렇게 험담을 했는데 전혀 동조도 하지 않고 A도 어쩔 수 없을 거라며 오히려 자기에게 뭐라고 했다는 얘기를 하시네요!"

그는 고맙다는 말도 이어서 했다.

그의 얘기를 듣고서 두 가지를 깊이 생각하게 되었다.

하나는 그녀 역시 마음이 좋은 사람이구나! 또 하나는 옳지 않은 험담에 동조했다면 내가 우스운 꼴이 되었겠구나. 혹여나 자신이 험담한 것은 생각지 않고 내가 그랬다고 말이 전달될 수도 있을 것이다. 그렇기에 늘 나에게 떳떳한 말을 해야 한다. 이 사람 앞에서 동조하고 저 사람 앞에서 동조한다면, 우연히 3자 대면하는 일이 생기면 얼마나 내가 내 자신에게 창피할까?

상대방에게 선하게 보이기 위해 옳지 않은 것에 동조하면 잘못의 화살촉이 나에게 향할 수 있다. 그것을 피하려고 말을 바꾸고 변명한다면 야비한 내 자신을 내가 바라보게 될 것이다.

잘못된 말을 하고 다니면 벌거벗은 나를 바라보게 될 것이다.

23
사랑하는 이를 만날 때는
가장 예쁘게 꾸미고 와요

엄마가 패셔너블해서 내가 의류업에 쉽게 몸담게 된 것일 수도 있다.

그런 엄마가 어느 날 나를 만나러 왔는데 다른 날과 달리 머리도 예쁘지 않고 흰머리도 많았다. 평상시 엄마의 패션 감각이 아닌, 귀찮아서 꾸미지 않은 듯한 모습이었다. 갑자기 슬펐다. 엄마가 늙은 것 같았다. 나에게 엄마는 늘 명랑한 존재인데 명랑한 모습이 아니라서 슬펐다.

"엄마, 나를 세상에서 가장 사랑하지? 사랑하는 사람을 만나려면 가장 예쁘게 하고 오세요."

다음 번 만나는데 엄마는 너무 예쁘게 치장을 하고

오셨다.

"엄마가 예쁘게 하고 오니 너무 좋아~"

내가 그렇게 말하니 엄마가 왈!

"네가 그랬잖니! 사랑하는 사람을 만나러 올 때는 가장 예쁘게 하고 오라고! 꾸미는 게 귀찮지만 꾸민 내 모습을 보니 나도 좋아."

지금도 엄마는 정기적으로 흰머리 염색을 하신다. 그리고 늘 젊게 살려고 운동도 매일 하시고 사람들과 교류도 많으시다.

그런 엄마의 모습을 보면 마치 내가 엄마 같고 엄마는 딸 같다.

엄마가 나이고 내가 엄마다.

24
갑자기 왕관을 쓰면
목이 부러질지도 모른다

7~8년 전의 일이다. 내 이름을 검색했더니 누군지 모르는 여인이 네이버 카페에 포스팅을 했다. 내 이름을 쓰고는 가장 부러운 사람이 몬테밀라노 오서희 대표라고 했다. 가만히 있을까 하다가 혹여나 오해의 소지가 생길 수가 있기에 그 글에 댓글을 달았다.

"제가 그리 보였다니 감사합니다. 님께서 포스팅한 당사자입니다. 부러워하실 필요 없습니다. 제가 쓰고 있는 멋져 보이는 왕관을 쓰신다면 너무 무거워 목을 가누기 힘들지도 모릅니다. 님 역시 분명히 멋진 분일 것입니다."

나는 오랫동안 조금씩 무게를 늘려갔지만 사람들

은 그런 것은 모르고 보여지는 것만 얘기할 것이다. 하나의 영광을 가지려면 하나의 고비를 넘겨야만 한다. 고비 뒤에는 영광이 있을 수도 있고 물거품처럼 사라져버려 나의 시간만 허비하는 일이 될 수도 있다. 물론 물거품이 더 많았지만 사람들에게 보여주지 않았다.

사업을 오래 한다는 것은 무엇일까?
문제되는 괴로운 일과 사람과의 관계를 잘 마무리한 시간들이 모여 곧 사업의 연혁이 될 것이다.

25
불만의 흐름은 강력하다.
그러나 끊어버리자!

케이스 01

대기업인 L쇼핑이 협력사에게 제공한 동반 성장 프로그램으로 뉴욕에서 부스 전시를 하였다. 100명 정도의 사람들이 단체 카톡방을 만들었다. 그 안에는 10여 명의 L직원과 5개 협력업체 80여 명의 사람들이 있었다. 카톡방은 한 달 정도 유지되었지만 나는 한 마디도 하지 않았다. 이유인즉, 내가 궁금해하는 것은 누군가 꼭 물어봐서 기다리면 질문이 올라왔기 때문이다.

뉴욕에서의 마지막 날, 신생 회사로 보이는 어느 협력업체 사장이 불만을 토로했다. 그랬더니 3~4명이 줄줄이 불만을 올렸다. 불만은 전염되었다. 처음이자

마지막으로 나는 단톡방에 글을 썼다. 엉뚱한 말을 써서 흐름을 끊고 싶었다.

"오늘 마지막 날이네요. 큰 사고 없이 잘 끝나서 다행이네요. 뉴욕의 부스와 호텔 방값 지불해줘서 감사합니다."

그랬더니 내 의견에 동조하는 다른 사람들의 글들이 올라왔다. 불만도 전염되지만 긍정도 분명히 전염된다.

마지막 날이어서 동행한 디자이너와 호텔 근처 노천카페에서 맥주를 마시고 있는데 L스텝들이 오더니 고맙단다. 자기네는 그런 말을 할 수 없었는데 내가 대신해줬다고!!!

나는 상대가 누구였어도 엉뚱한 얘기로 불만의 흐름을 끊었을 것이다. 신생 회사의 얘기도 맞는 얘기다.

그러나 30% 정도 맞다. 그래도 다수가 수긍하려면 60~70%는 맞아야 하지 않나 싶다.

케이스 02

업계 대표들 골프 모임 단톡방이 있었다. 그 안에는 업계 신문사 대표도 있었다. 그 대표가 모 기업의 회장을 험담하는 자사 신문의 기사를 올렸다. 그곳에 있는 중소기업 대표들은 신문 기사라면 걸르지 않고 그대로 믿을 수도 있었다.

마침 내가 잘 아는 회장님의 기사였기에 나는 카톡에 글을 썼다. 내가 카톡에 쓴 글은 이랬다.

"대표님의 의견을 마치 사실처럼 기사화해서 중소

업체에 동조를 구하는 것은 옳지 않다고 생각합니다. 그 기사는 당사자인 회장님이 보는 게 중요하지, 그 외 사람들에게 동조를 구하는 것이 과연 맞는가 싶어요. 회장님에게 직접 보여주세요. 아니면 제가 직접 보시라고 전달해 드리겠습니다.”

50여 명이 있던 방에 나만 그런 생각을 한 것일까? 사람들은 머리로는 아니란 생각을 할 텐데 아무 말도 하지 않고 그냥 넘어간다. 그런데 재미있는 일이 벌어졌다. 신문사 대표가 나에게 개인 톡을 하더니 그런 게 아니라고, 오해라고!!! 나를 이해시킨다.

그러고는 나에게 얼마 전에 좋은 일이 있었지 않냐며, 축하한다고 기사를 써주겠다고 하였다. 마음이 모진 사람이 아니다. 지금도 나와 가까운 사이다.

옳지 않은 것에 동조하고 싶지 않다. 이 세상에서 가장 무서운 것은 사람들이 아닌 바로 나 자신이다.

맞지 않다는 걸 알면서 맞다고 하면 괴리감에 빠질 나는 만나고 싶지 않다. 그 방에 내 자신이 있고 내가 아는 이가 피해 본다면 나는 정중히 얘기를 할 것이다.

26
1%의 비밀

일하는 것은 비슷비슷하다. 내가 조금 더 안다고 한들 대세에 영향도 없다.

나 외의 다른 사람이 나를 대신해도 무방하다. 중요한 것은 상대가 나를 원해야 한다. 어떻게 하면 상대가 나를 필요로 할까?

답은 하나다. 나로 인하여 상대가 득을 보면 나를 찾을 것이다.

득이란 꼭 경제적인 것만은 아니다.

나로 인하여 기분이 좋은 것도 상대에게 득이다.

많이도 아니다. 내가 가지는 것보다 딱 1%만 더 주면 된다.

나를 필요로 해서 나와 프로젝트를 한다지만 딱 1%만 내가 덜 가지면 된다. 예를 들어서 50/50이 아닌 49만 내가 가져도 상대가 똑똑하다면 내가 자기보다 덜 가진 것을 알 것이다. 정작은 딱 1만 내가 양보한 것이다.

사람은 본능적으로 욕심꾸러기이다. 그 욕심을 딱 1만 더 주면 나를 좋은 사람으로 여길 것이다. 1%의 비밀을 안다면 세상을 폭넓게 바라보는 사고를 가지게 될 것이다.

27
상대가 원하는 것에 **나를 맞춘다**

직장 다닐 때의 일이다. 일요일 아침 9시경에 오너에게서 전화가 왔다.

"안녕하세요?"

나는 받자마자 먼저 인사한다. 그래야 그분이 덜 미안할 것이다. 오늘은 일요일 휴일이기 때문이다.

"빨리도 받네. ㅎㅎㅎ 오늘 점심에 뭐 하니?"

나에게 무엇인가를 원하시기에 일요일에 전화하신 거겠지 싶어서 그분을 말로 편안하게 해드렸다.

"아무것도 하지 않아요."

아니나 다를까! 고객 중에 중요한 분의 따님이 결혼하신단다.

오너가 조금도 어색하지 않게 내가 먼저 선수치고 가겠다고 했다.

그분도 분명히 일요일이라서 전화를 할까 말까 고민했을 것이다.

예식장에 혼자 가는 것보다 내가 동행해서 그분의 비서가 되어야 편안할 것이다. 나는 상대방에게 필요한 비서 채비가 되어 있다.

내가 오너를 싫어하면서 직장에서, 사회에서 성공을 바란다? 그런 멍청한 사고를 하는 사람은 되고 싶지 않다. 상사가 나를 키워주지, 매번 비슷비슷한 동료가 나를 키워주진 못한다.

동료들은 내가 상사와 친한 것을 알기에 위에 말할 것을 대신해 말해달라고 한다. 뭐가 불편한가! 설령 불편해도 그러면 어떤가! 상사가 뭐라고 하지도 않지만, 설령 뭐라고 한들 또 어떤가! 미워서 그런 것도 아닌데 말이다. 나라면 얼굴 한 번 더 보고 정들겠다.

모두 다 그런 것은 아니지만 나이차가 있으면 세상 판단을 더 했기에 나보다는 옳은 판단을 할 확률이 높다. 지나가는 말에서도 생각지 못한 것들을 배운다. 직장 다니면서 돈도 받고 배움의 말도 들으니 얼마나 좋은가!

오너가 나를 찾는다는 것은 내가 그만큼 필요가 있다는 것이다.

내가 몸담은 곳이 내 자신의 동의어다. 내가 만약 회사와 나를 분리시킨다면 상대도 나를 분리해서 생각할 것이다. 어느 누가 내가 싫어하는데 날 좋아할까? 부모가 자식을 사랑하는 것과 보고만 있어도 좋은 남녀 관계가 아니면 그런 관계는 없다.

느낌이란 신의 목소리이기에 내가 그를 별로라고 느끼면 상대도 어김없이 나를 그리 생각한다. 내가 상대를 별로라고 생각하는데 그가 눈치 없게 나에게 잘해준다고 생각하는가? 아니다. 그는 알고 있지만 선해서 잘해주는 것이다.

내가 몸담은 직장의 상사 역시 곧 나 자신이기에
나는 매사에 상대에게 성실하고 싶다.
내가 선택한 회사다.
그것은 곧 사람을 선택했다는 것이다.

28
엄마가 아빠 험담을 할 때
엄마를 고쳐주는 방법

엄마는 내가 뭘 잘못하면 아빠 닮았다고 하신다. 좋은 것은 다 엄마를 닮았고 나쁜 것은 다 아빠를 닮았다고 한다. 예를 들어서 운동화를 구겨 신으면 아빠같이 그런다고 하고, 똑똑하게 말을 하면 엄마를 닮았다고 하신다.

아빠를 빗대서 말하는 것은 사실 듣기 싫었다. 엄마가 아빠 흉을 보면 오히려 아빠에게 잘해야겠다 싶었다. 나도 기분 나쁜데 아빠는 기분이 더 많이 나빴을 것이다.

그래서 어느 날 엄마에게 말했다.

"엄마! 나를 사랑하지? 근데 내 몸의 반은 아빠인데

아빠 욕을 하면 나를 사랑하지 않는 거야!"

그 후로 엄마는 나에게 아빠 흉을 보지 않았다.

엄마는 분명히 나를 사랑해서일 것이다.

엄마가 하늘의 별이 될 때 가장 슬픈 사람은 자식이 아닌 남편, 즉 엄마가 흉을 보는 아빠일 것이다.

29
하나님과 엄마는
동급이 분명하다

엄마는 독실한 크리스찬이다. 늘 기도하고 식사를 하신다. 가끔은 식사 자리에서 나에게도 기도를 시키셨다. 나는 오늘 어떤 반찬이 있는지 살짝 실눈을 뜨고 상 위의 반찬 목록을 말한다. 그러고는 내가 먹고 싶은 반찬을 말했다.

"오늘 콩나물과 두부 반찬을 주셨고 깍두기도 주셨고, 그런데 제가 먹고 싶은 프랭크 소시지는 없지만 감사하게 먹겠습니다."

그러면 다음날은 소시지가 나왔다. 역시 기도하면 하나님은 내 소원을 즉각 들어주신다.

역시 하나님은 나를 사랑하셔서 엄마의 모습으로 변신하셨나 보다.

30
내 눈은 쓸모없는 장식품이었다

2001년은 몬테밀라노를 창업한 해였다. 테러로 뉴욕의 쌍둥이 빌딩이 무너졌다. 9.11이 있고 열흘 정도 뒤에 나는 밀라노로 향했다. 엄마가 가지 말라고 했다. 비행기 사고로 연일 TV에서 방송을 하니 엄마는 딸이 걱정되었던 모양이다.

"하고 싶은 것을 하지 않고 생각만 하다가 죽나 비행기 사고로 죽나 같아요. 하고 싶은 것을 하고 죽어야 여한이 없어요."

그러고 나는 밀라노로 향했다.

유럽의 동대문 시장 같은 곳이 밀라노 외곽에 있었다. 유럽의 의류 도매하는 사람들이 오는 곳이었다.

4개 칼라, 4개 사이즈면 한 장씩만 해도 16장이 되었다. 그전에 직장에서 명품 바잉 일을 할 때는 적중률이 뛰어나서 나름대로 실력 있단 얘기를 들었으나 막상 내 돈을 가지고 뛰어드니 너무 무서웠다. 눈은 떴으나 나는 장님이었다. 전혀 옷이 보이지 않았다.

그때 느낀 신기함은 마치 4차원 공간에 들어와서 3차원 때의 경험치가 사라진 느낌이었다. 경험치가 쓸모가 없다는 사실과 마주했을 때 내가 느낀 것은 내가 또 다른 나와 마주 앉아 있는 것 같은 무서운 경험이었다.

그 기운이 얼마나 무서운지 지금도 그때 기억을 하면 온몸이 움찔한다. 왜 안 보이지? 눈을 비볐다. 사실은 머리를 비벼야 했다.

갑자기 나의 눈은 장식이 된 듯싶었다.

그날 구매를 접고 오후 두세 시쯤 호텔방에 들어가서 혼자 술을 잔뜩 마셨다. 전에 내가 모셨던 오너분도 오더할 때 분명히 두려웠을 텐데 하는 생각이 오버랩되면서 미안함이 밀려왔고 또 다시 엄청나게 울었다. 눈물로 세수하고도 남을 양이었다.

당연하게 보았던 주위 사람들의 행동이 어쩌면 엄청난 내공을 바탕으로 한 것인데 나는 왜 당연하게 생각했지 싶었다. 이 세상에 당연한 건 하나도 없다.

31
손님에게 **무릎을 꿇었다**

10년 전 일이다. H유통 20곳에 매장을 했었다.

일요일에 상암점 H점에 들렀다. 멀리서 보니 우리 매장에 사람들이 둘러서서 구경하는 듯싶었다. 얼른 뛰어갔다. 고객이 매니저에게 화를 내고 있고 사람들은 구경하고 있었다.

고객에게 "무슨 일이시죠? 제가 사장입니다."라고 했더니 다짜고짜 엄청 화를 내셨다.

"너도 똑같아. 둘이 짜고 고객을 우습게 보는 거지!"

그 고객은 영수증 없이 카드로 결제한 것을 현찰로

환불해달라는 것이었고, 그것은 규정상 할 수 없는 일이었다. 그런데도 고객은 막무가내였다.

무릎을 꿇으라는 것이었다. 나와 매니저는 많은 이들이 보는 가운데 무릎을 꿇었다. 그녀가 원하는 것을 들어줬다. 그녀의 요구를 빨리 들어주고 보내고 싶었다. 내 자존심은 버렸다. 아니, 자존심은 내겐 사치였다.

소매업을 한다는 것은 말도 안 되는 고객까지도 다 맞춰줘야 하는 것이다.

사업을 한다는 것은 어쩌면 모든 것을 버릴 수도 있는 것이란 생각을 그때 했다. 목숨도 마찬가지다. 그런 생각을 하지 않는다면 사업할 수가 없다.

그런데 고객은 더한 요구까지 해왔다. 고객은 매니

저에게 화를 감추지 못하고 그녀에게 머리를 땅에 박으라고 한 것이다. 그러자 매니저는 바로 머리를 땅에 박고 엎드려 1분 이상은 그러고 있었다. 매니저가 참 고맙고 존경스러웠다. 화를 내고 가버려도 나는 이해할 수 있었다.

나라면 어땠을까? 나라도 말도 안 되는 고객의 말을 따라 머리를 땅에 박았을 것이다. 그런데 나는 사장이니 그럴 수 있지만 매니저가 나와 같은 생각으로 행동을 해주는 것은 쉬운 일이 아니다. 그때 마침 점의 부점장이 안 되겠다 싶었는지 나와 매니저를 일으켜 세웠다.

집으로 돌아오는 차 안에서 얼마나 많이 울었는지 모른다.

진상 고객 때문이 아니라 매니저 때문이었다. 나는

마음에 상처가 나도 상관없지만 매니저가 너무 고마웠다. 그녀에게 전화를 했더니 이렇게 말했다.

"괜찮아요! 걱정하지 마세요! 전에는 따귀도 맞았는데요."

그런 일을 직접 목격하고 매장 식구들을 더 존경하게 되었다. 브랜드의 수장과 매장 매니저는 동급이다. 누가 사장인가? 어쩌면 고객을 직접 만나는 매니저님이 사장일 것이다. 그때 일을 생각하면서 글을 쓰는 이 순간도 많이 운다.

모든 현장 사람들에게 경의를 표하고 싶다. 그 후로 나는 H유통 20곳을 6개월 동안 모두 접었다.

32
의리는 사랑의 행동 대장이다

TV나 영화를 보면 '의리로 뭉쳤다.' '우리는 의리다' 라는 말을 하는데 나는 그걸 보면 개그 프로 같다. 서로가 서로를 도와주고 득이 생기는 것은 의리가 아니다.

대다수의 사람들은 '의리'라는 말을 쉽게 하지만 손해를 볼 것 같으면 슬며시 빠진다.

사람들끼리 '실망'이란 단어를 쓰는 시점을 보면, 믿었는데 아니었다는 것을 알 때다.

그만큼 '의리'라는 단어는 현실에서 쉽지 않다.

내가 생각하는 진짜 '의리'는 그 상대를 사랑하는 마음이다.

혹시 세포 중에 '의리'와 '사랑'의 세포가 별도로 있는 건 아닌가 싶다.

왜냐면 '의리'라는 것은 머리가 아닌 마음이 움직여야 하는 것이기에 사랑과 비슷하기 때문이다. 의리는 사랑의 행동 대장이다.

33
호불호가 강한 사람과 친해져라

대다수의 사람들은 중간색, 즉 파스텔 톤이어서 사람들과 그럭저럭 잘 어우러진다.

하지만 주변을 둘러보면 자기 색깔이 원색 같은 사람이 있다.

그 사람은 무엇을 하든 확실하다. 대화를 할 때도 자기만의 룰을 넘으면 화를 잘 낸다.

그런데 그 중에 사회적으로 높은 위치에 있거나 경제적으로 잘 된 이들이 꽤 많다.

의외로 많은 이들이 사회적으로 잘 된 호불호가 강

한 사람에 대해서 "못돼야 잘 된다."라는 말을 한다.

반대로 생각해보자. 호불호가 강한 사람은 외롭다.

색깔이 없는 이가 나를 도와주는 것보다 호불호가 강해서 외로운 사람을 내 편으로 끌어들여라.

주변의 사람들이 다 파스텔 톤이라면, 그들은 자기 앞가림 생각하면서 도와주기에 그리 큰 도움도 안 된다.

그러나 호불호가 강한 사람은 자기 일보다 남의 일을 더 도와줄 것이다.

34
천사를 부르는 마법 용어!

　어쩌면 우리는 천사를 자주 보는지도 모른다. 천사는 내가 준비된 사람인지 아닌지를 살펴본다. 이유는 천사 역시 본인이 편안해야 나에게 머물려고 하기 때문이다. 자기가 편안할 줄 알고 왔는데 불편하면 떠나서 다른 사람에게 가버릴 것이다.

　천사는 여러 꼴, 여러 형태로 다가온다. 어떤 천사는 삼각형의 꼴이고, 어떤 천사는 사각형의 꼴이다. 이처럼 다 형태가 다르다. 그의 꼴을 내가 고를 수 없다면 나를 둔갑시켜서 그가 원하는 꼴이 되어야 한다. 그는 나에게 천사가 되고, 나도 그에게 천사가 되어야 한다.

천사는 내가 늘 먼저 불러야 한다. 방법은 하나다!

내가 먼저 잘해주자. 그가 나의 천사가 될 것이다.

35
기회는 불편한 것으로
위장 전술을 펴고 나타난다

자리가 정해져 있지 않은 경우에 상사나 사장의 옆 자리는 비어 있는 경우가 많다. 어렵고 불편해서 그럴 것이다.

그러나 거꾸로 생각하면 이 얼마나 좋은 기회인가! 내 자신이 해야 할 일을 하고 친절하게 사람들을 대한다면 누구도 뭐라고 하지 않는다. 설령 뭐라고 한다한들 뭐라고 하는 이가 자격지심으로 하는 소리니 신경 쓸 필요 없다. 어떤 위치의 사람에게도 눈치 볼 필요 없다. 눈치 보는 것도 습관이다. 상사 입장에서도 자신을 어려워하고 불편해하는 직원을 좋아할 리가 없다.

기회는 늘 불편한 것으로 위장 전술을 펴고 나타난다.

2008년도인가 GS홈쇼핑에 방문을 했다. 1층에서 사람들과 함께 엘리베이터를 기다리고 있었다. 그때 마침 양복 입은 근엄한 분이 오시니 아무도 엘리베이터를 타지 않았다. 높은 분이었다면 더 타야지 기껏 기다렸는데 타지 않는 것도 이상했다. 타고 보니 그와 그의 비서 그리고 나만 탔다. 어색하기도 해서 내가 먼저 인사를 했다.

"저는 GS협력사인 여성복 몬테밀라노 대표 디자이너입니다."

그때가 두세 번 방송을 한 때여서 그는 나를 안다고 했다. 그가 진짜 나를 아는지 아닌지는 모르나, 안다고 하는 것을 보니 스마트한 분임에 틀림없다. 진짜

알고 모르고는 사실 엘리베이터에서 인사할 때는 중
요치 않다. 상대를 기분 좋게 하는 것만으로도 그분
은 스마트한 분이다.

할 말이 없어서 웃고 넘어갈 말을 건넸다.

"사람들이 같이 엘리베이터를 기다렸는데
 왜 안 타 는지 모르겠네요."

"제가 인기가 없나 봅니다."

잠깐이지만 같이 웃었다.

불편하다고 매번 불편해서 접근하지 않는다면 언제
나 천사를 놓치게 될 것이다. 사람들은 늘 기회라는
천사가 오길 기다린다. 그러나 천사는 예쁜 모습으로

절대로 오지 않는다.

천사는 늘 탈을 벗고 엉뚱한 모습으로 온다.

내가 천사가 좋아하는 꼴로 먼저 변신하고 대기 상태로 있어야 한다.

36
노인의 지혜를
노인이 되었을 때 알면 늦다

식당에 갔다가 '노인의 지혜'라는 구구절절 옳은 얘기를 적어 놓은 표구를 보았다. 지갑을 먼저 열어라. 잔소리 하지 말아라. 등등 참 좋은 글들이다.

그걸 보고 같이 간 지인에게 이런 얘기를 했다.

"노인의 지혜는 노인이 되기 전에 알아야지,
노인이 되어서 알면 늦지 않나 싶어!"

같이 간 사람은 웃었다.

한동안 이런 책이 유행을 했었다.
20대가 알아야 할 책, 30대가 알아야 할 책, 40대가 알아야 할 책…

10살 뒤에 알아야 할 내용을 미리 읽어야지, 모든 이들이 해당 나이에 알아야 하는 내용의 책을 읽는다면 변별력이 없다 싶었다.

남들이 다 아는 노하우가 무슨 노하우인가.
그냥 하우지.

37
사람을 띄워줄 때 머뭇대지 않는다

사회에서 만난 친한 동생이 있다. 타인을 도울 때 진심으로 돕는 이다.

그녀는 어느 날 나에게 이런 얘기를 했다.

"언니랑 얘기하면 신나요. 신명 난다는 표현이 맞아요. 마치 작두를 탔는데도 발이 아픈지도 모르는 무당같이 말이죠."

기분 좋다는 표현을 최상으로 한 듯싶었다.

표현이 재밌어서 함께 일하는 디자이너에게 그 얘기를 했더니 그녀가 이렇게 말했다

"무슨 얘기인지 알 것 같아요. 대표님은 사람을 띄워줄 때, 그 사람을 확실하게 띄워주죠. 내가 천재도 아닌데 천재 디자이너라고 사람들 있는 데서 말해주니 쑥스러운데도 기분이 좋아서 더 잘해야겠다는 생각을 하게 돼요."

나는 사람을 띄워줄 때 머뭇대지 않는다.

어차피 칭찬을 하는 것이라면 확실하게 해서 그 사람을 행복하게 해주고 싶다.

38
천사가 되는 가장 쉬운 방법

전철을 타거나 식당에 가면 아직도 돈을 요구하는 불쌍한 사람들을 보곤 한다. 나는 그런 사람들을 보면 꼭 돈을 드린다.

얼마 전 의류 에이전트 사장과 지퍼 고리 집을 방문한 적이 있다. 에이전트들이 가지고 오는 지퍼는 그들이 제안하는 것이라서 맘에 들지 않는 경우가 많아 새로운 게 있는가 하고 나가본 것이다. 지퍼 고리 샘플들을 보고 있는데 불쌍한 할머니가 다가와서 점심 식사값을 달라고 하셨다. 가게 주인은 그냥 가시라고 했는데 재차 점심 값을 요구하셨다.

나는 주인에게 먼저 양해를 구하고 1만 원을 할머니께 드렸다. "식사 맛있게 하세요."라는 멘트와 함께. 할머니는 고맙다는 인사를 몇 번이나 하셨다.

후에 동행한 에이전트 사장이 1~2천 원만 드려도 되는데 왜 만 원이나 드렸냐고 물었다. 그래서 나는 말했다.

"만 원은 있어야 그 돈으로 한 끼는 식사하실 수 있을 테니까요. 1~2천 원 드리면 몇 명에게 더 달라고 해야 식사하실 수 있잖아요."

어릴 때, 착한 일을 하면 선생님께 도장을 받았다. 도장을 받으면 기분이 좋았다. 성인이 돼서도 마찬가지다. 할머니 덕분에 나는 오늘 누군가에게 천사가 되었다.

에이전트는 나를 좋게 생각했으니 더 좋은 옷을, 더 좋은 가격에 주리라 믿는다. 이 얼마나 큰 이익인가!

39
내가 어떤 성격인지는
아무 의미 없다

　2018년도 대만에 갔었다. 한국섬유산업연합회와 대만섬유산업연합회는 오래도록 양국을 오가며 교류를 해왔다고 했다. 한국 브랜드 대표 디자이너로서 처음으로 대만에서 발표를 하게 되었다. 저녁 만찬에 가니 여성이 드문 양국 교류에서 나에게 그들의 이목이 쏠리게 되었다. 대만의 회장님들이 아주 친절하게 맞아주셨다.

　친선 교류를 하며 술을 마시다 보면 연세가 70도 넘는 분들이 농담을 하실 때도 더러 있다.

　그럴 때 만약 내가 얼굴을 붉히면 어떻게 될까? 상대의 행동이 옳다, 옳지 않다를 떠나서 그럴 때는 나의 위치도 지키면서 유머러스하게 답변을 해야 한다.

여성 대표가 드물다 보니 이런 일은 사회생활에서 종종 일어난다.

세상은 남녀로 나뉘어 있고, 동양에서는 남존여비 사상의 영향도 받는다. 유머러스한 상황에 유머러스하게 하는 건 쉽다. 그러나 그러기 힘들 때, 상대도 무안하지 않게 대처하는 것이 공식석상에서 나를 더 빛나게 할 것이다.

큰 모임에 가면 사람들 전체를 봐야 한다. 사람들 중에는 운영진이 있을 것이고, 고위층과 비고위층이 있다. 어느 단체든지 세 부류로 나뉜다. 나 역시 어느 집단에 가면 고위층이 되기도 하고 비고위층이 되기도 하고, 운영진이 되기도 한다.

그런데 거기서 간과하기 쉬운 아주 중요한 부류가 있다. 그것은 여성 집단이다. 여성 집단은 고위층이든 운영진이든 가장 신경 써야 하는 집단이다. 여성이 일을 틀어버리면 큰 문제가 생길 수 있다는 것을 나는 알고 있다.

2018년 대만 섬유협회 회의에 갔을 때, 나는 장관보다, 기업 총수들보다 대만의 운영진 여성들, 기업체 여성 회장을 늘 말로서 챙겼다. 여성이 여성에게 환심을 받으면 순풍을 타고 가는 배가 될 것이란 것을 알고 있었기 때문이다.

여성의 적은 여성이다? 그 말은 절대로 괜히 나온 말이 아니다.

남성의 적은 남성이라는 말은 없으니 말이다.

대만에서 팀장인 한 여성이 나와 대화한 지 얼마 안돼서 나를 칭찬했다. 칭찬의 대상은 내가 차고 있던 팔찌였다. 그리스 산토리니에 갔다가 산 것으로 대략 50불 정도에 구매한 것이었다. 나는 만찬 때, 그녀의 손을 잡고 그 팔찌를 슬쩍 채워줬다. 그 후로 그녀는 대만 기업 총수들에게 내가 줬다며 팔찌를 자랑하고 다녔고, 만찬장을 마치 나의 매니저처럼 나를 홍보하고 다녔다.

대만분들이 무대에 노래하러 단체로 올라가면 나를 불렀다. 아무래도 내가 여자이고 잘 어울리니 편했을 것이다. 어쩌면 한국 섬유단체장들과 친하고 싶은 것을 나를 점찍어 대표로 친근하게 대한 것인지도 모른다.

한국분들이 무대에 올라가면 나는 또 같이 올라갔다. 한국분들이 적었기에 나는 무조건 올라가야 했고, 나는 나를 부른 대만분에게 나오라고 손짓했다. 한국분이 노래할 때도 대만분들이 많이 나와서 무대를 채웠다. 보고만 있어도 양국의 정을 보는 듯해서 따뜻했다.

나는 과연 어떤 성격일까? 성격이 있기는 한 걸까? 아니, 있어도 없어야 한다. 그곳에서 나는 내가 아니어야 한다. 나는 사람들이 서로 연결되도록 이어주는 연결고리 역할을 하면 된다.

입체적으로 상황과 사람을 봐야 한다!

성격은 개나 줘버려야 한다.

40
꼴값? 꼴값을 책 제목으로 정한 이유

40년째 인사동지기, 인사동의 마당발인 노 부장이 어느 날 전화를 해왔다. 화가와 갤러리 관장으로 알게 된 그는 이것저것 미술계 소식을 내게 알려주는 소식통이다.

그 역시 나와는 거의 20년 나이 차이가 난다. 나이는 인간사에서 계산하기 쉬우라고 만들어 놓은 숫자이기에 나이는 아무 의미 없다.

"오 작가! 평상시에 말하듯이 오 작가 생각을 글로 써봐. 출판사 대표에게 추천했더니 보자네."

출판사 대표를 만났다. 노 부장보다 족히 10~15살

은 많아 보였다. 그도 그럴 것이 오래 전에 교통사고를 당해 목발을 2개나 짚고 머리가 하얀 장발을 하고 오셨다. 대화를 하는데 굉장히 엘리트셨다.

순간 그분의 나이를 잊어버리고 "대표님 꿈이 뭐예요?"하고 물었다.

이런 분은 인간사 나이로 생각 나이가 들지 않기에 질문을 하였다.

또한 꿈이 있냐는 것보다 꿈이 무엇이냐는 질문이 맞다고 싶었다.

대표님은 1초도 기다리지 않고 꿈을 말하셨다.

"선교 사업을 하는 것입니다. 내가 신학교를 갔어요. 근데 목사가 될 수 없었어요. 이유는 목사의 꼴값

을 해야 하는데 나는 내 자신이 목사라는 신분의 꼴
값을 못하는 것을 알았어요."

바로 아이디어가 떠올라서 답을 했다.

"대표님! 책 제목을 '꼴값'으로 해야겠어요. 자신의
꼴의 값이 어떤가를 아는 것은 무척 어렵죠. 그러나
우리는 살면서 꼭 알아야 해요. 나의 꼴값이 어떤가
를요."

비슷한 말이다. 내가 자주 사용하는 말 중에서 지
금 내가 있는 곳에서 사람과 내 사이에 XY 좌표를 빨
리빨리 알아야 하는 것이 꼴의 값과 동의어이다.

A라는 곳에서 나는 X-3, Y 80이겠고,
B라는 곳에서는 X5 , Y-2겠지.

순간순간의 나의 꼴의 값을 아는 것이 꼴값이다. 쉬운 것은 분명 아니다.

이 세상 모든 심리학 책은 자신의 꼴값을 끊임없이 알고자 하는 책이다.

첫 만남에서 A4용지에 손으로 계약서를 썼다.

생각 글을 심리 꽁트로 써봅시다.

41
브랜드 사업은
물건으로 잠시 위장 전술을 편 것

패션 브랜드 사업을 한 지가 벌써 24년째다.

2001년도 2월 22일에 처음 사업자를 냈다.

많은 이들이 매출이 얼마냐고 묻는다. 그리고 향후 5년의 목표를 묻는다.

나는 모른다고 했고, 실제로 모른다. 오래도 되었고 이것저것 행사를 많이 하니 사람들은 매출이 많은 줄 안다.

사업 잘되냐고 물으면 나는 괜찮다고 말을 한다. 어차피 "안녕하세요?", "식사하셨어요?"정도의 가벼움으로 묻는 것이니 나 역시 가볍게 말한다.

사업 중에서도 특히 브랜드 사업은 똑똑한 사람이 하는 게 아니라는 것은 분명히 안다. 나와 비슷한 시기에 런칭한 사람들 중에는 주식 상장도 하고 크게 한 사람도 있었지만 지금은 다 사라졌다. 분명 똑똑한 사람이 브랜드 사업을 하는 건 아니다. 그것은 내가 직접 겪어서 알고 있다.

브랜드 사업은 물건으로 잠시 위장 전술을 쓴 것이기에 창업자의 철학을 팔지 않으면 절대로 브랜드는 되지 않는다.

42
스트레스 받지 않는 방법

의외로 많은 이들이 스트레스를 받는다고 말한다. 그리고 우울증이라고 한다. 예전에는 그런 말이 별로 없었는데 그런 말이 점점 많아진다.

왜 그럴까?

TV에 나오는 사람들, SNS에서 멋져 보이는 사람들이 그런 말을 자주 사용하니 거름종이 없이 흡수돼서 '스트레스', '우울증'이라는 말을 쉽게 하는 게 아닌가 싶다.

어느 날, 지인이 하소연을 해왔다. 내용인즉 자기는 앞으로 사람을 믿지 않을 거라고! 자기 먼저 챙길 거라고 한다. 그의 말에 나는 이렇게 말했다.

"자기만 챙기면 또 스트레스 받을 거예요. 사람을 믿지 않으면 자기 자신과 더 큰 갈등이 생길 거예요. 내 그릇이 사각형인데 어떻게 삼각형이 되겠어요. 스트레스 받지 마세요. 계속 곱씹으면 더 괴로워요."

어떻게 하면 스트레스를 받지 않을까?

스트레스는 덜 받는 게 아니라 안 받든가 받든가 하는 수밖에 없다.

그럼 나의 스트레스 해소 방법은 무엇인가? 스트레스의 원천과 마주한다.

스트레스의 원천과 마주하는 것은 피곤한 일이다. 그러나 그렇게 해서 풀어야 한다. 그렇게 해서 해결하든 기억에서 삭제시키든 해야만 스트레스는 없어진다.

사람들은 흔히 "스트레스 쌓이니 맛있는 거 먹자! 술 마시자!"한다. 그러나 그렇게 해서 풀린다면 그것은 굉장히 얕은 스트레스이다. 진짜 스트레스가 있을 때는 맛도 제대로 못 느끼고 더 생각나기만 한다.

그러니 스트레스의 발단이 만약 사람이라면 그 사람과 풀어야 한다. 만약 못 푼다면 거기까지가 인연이다.

그보다 좋은 방법은 선택할 때 미리 예측해서 하는 것이다.

결정이 반이다.

결정의 기준은 늘 내가 행복할까,
아닐까가 되어야 한다.

43
돈은 여성, 남성과 같은
또 다른 성이다

창업 전에 나는 명품 바이어 생활을 했다.

그때 오너와 얘기하다 보면 머리를 딱 치는 삶의 명언들이 있었다. 그도 그럴 것이 우리 엄마, 아빠보다도 연세가 많으신 여사님이셨으니 당연한 일이었다. 내가 그분의 딸보다도 10살이나 어리고 성향도 좌충우돌하는 성향이다 보니 잔소리할 게 많으셨을 것이다.

그 잔소리들 중에 명언이 몇 개 있다.

명언은 늘 갑자기 튀어나온다. 유럽에 출장 갔을 때, 쇼핑을 했다. 그때 여사님이 말씀하셨다.

"돈에도 눈이 있어서 아무한테나 가지 않아. 설령 가더라도 금세 빠져나와. 그러니 돈이 너에게 가면 돈이 편안한 사람이 되어야 해."

어떤 사람이 돈이 편안해하는 사람일까? 참 어려운 얘기다. 그것은 지금도 모르겠다. 아마도 앞으로도 잘 모른 채 죽을 수도 있다.

그러나 내가 깨달은 돈이란?

나는 돈을 여성, 남성과 같은 제3의 성이라고 생각한다.

그러니 사람들이 돈을 좋아해서 다들 짝사랑하지 않는가!

돈은 참 좋겠다!! 많은 사람이 돈을 짝사랑하니 말이다.

"돈아, 너는 어떤 매력이 그리 많기에 그러니?"

44
생각 시계! 몇 살인가요?
3,200세라구요?

성숙한 사람은 화를 내야 하는 상황에도 잘 내지 않는다. 또 잔소리도 하지 않는다. 어차피 잔소리한다고 상대가 바뀌지 않을 것을 알고 있기 때문이다.

새로운 모임이나 프로젝트를 할 때 보면 성숙한 이들과 아닌 사람들이 섞여 있다. 그래서 나는 재미난 생각을 하게 되었다.

나는 속으로 그 사람의 나이를 맞추는 게임을 한다.

상대가 비합리적인 대화를 하면 '저 사람은 지금 10살이구나!' 또 노련한 사람을 보면 '이 사람은 200살이구나!' '이 사람은 3200살이구나!' 하고.

성숙하다는 것은 많은 것에 해탈한 것을 말한다.

성숙한 사람은 생각의 나이가 많은 사람이다. 태어나고 죽는 것을 반복해서가 아니다. 동갑이어도 생각 시계가 빨리 흐르는 사람이 있다. 그런 사람이 빨리 성숙할 것이다.

생각 시계는 사람마다 동일하게 흐르지 않는다! 주변의 사람들을 떠올려보라.

화를 잘 내는 사람은 화내는 것 자체가 "나 이렇게 화났어!"라고 말하는 것이다. 그런 사람은 어린 나이의 생각 시계를 가진 사람이다.

화를 내면 이성이 마비되기 쉽다. 화는 그 어떤 것에도 도움되지 않고 감정만 상하게 해서 일을 망쳐버린다.

반대로 생각 시계가 빨리 흐른 사람과 어울리면, 조곤조곤 말하고 감정도 상할 일이 없으며, 이성적인 태도와 합리적인 사고방식으로 대화하게 되어 덩달아 마음이 풍요롭게 된다.

45
비행기표도 버리고
처음 본 미국인 집에 갔다

전세계에서 가장 큰 의류 도매 전시장, 라스베가스의 매직쇼에 첫 부스를 가진 것은 2006년도였다. 어떤 샘플을 가져갈까 생각하다 인도 프린트를 가져갔다. 출국 전에, 인도 업체에게 샘플을 받아 몬테밀라노 로고를 붙여 나갔다.

퉁퉁한 인도 출신 아저씨가 우리 부스에 오더니 주문을 10만 불 넘게 했다. 그러고는 자기 브랜드 로고를 붙여달란다. 자기는 미국 최고의 백화점 노스트롬(Nordstrom)과 30년째 일을 하고 있으니 주문이 안정적일 것이라고 어필했다.

나는 미안하다고 했다.

"몬테밀라노로는 10장을 주문해도 드리겠어요. 그러나 10,000장을 주문하셔도 타 브랜드를 붙여서는 곤란합니다. 저는 브랜드를 미국에 알리고 싶어요. 그래서 왔어요."

그들은 내가 고집을 부린다고 생각했겠지만 나는 내가 주관이 뚜렷하다고 생각했다.

그가 오더장을 다 쓰고 돌아갔을 때, 내 심정은 어땠을까? 나는 과연 내 방법이 맞는가 수십 번 고민했다. 하지만 그가 제안한 방법은 내가 꿈꿨던 게 아니기에 그렇게 해서 버는 돈은 내 돈이 아니라고 생각했다.

다음 날 그는 우리 부스에 다시 와서 말했다.

"나도 너처럼 부스를 가지고 있다. 메인 컨벤션이

아닌 다른 장소에서 부스를 열고 있으니, 같이 가보
자.”

그를 따라 셔틀 버스를 타고 리오호텔 컨벤션(RIO
HOTEL CONVENTION)으로 갔다. 그날 알았는데,
리오는 시니어들의 페어만 하는 곳이었다. 내가 엉뚱
한 곳에서 전시를 했구나 싶었다.

그의 부스에는 두 딸이 장사를 하고 있었다. 그는
어떻게 다른 호텔 전시장에 있는 내 부스를 발견했는
지 알려주었다. 그의 세일즈 랩(수수료 받는 영업맨)
이 내 부스 번호를 알려줘서 가본 것이라고 했다. 그
러면서 자기와 콜라보하면 미국에서 유통이 잘 될 거
라고 했다.

다음 날 나는 샌프란시스코를 경유해서 한국으로
갈 예정이었다. 그러나 나는 비행기표를 다시 끊고

그들과 함께 짐을 가득 실은 차에 몸을 싣고 엘에이 부근 그들의 집으로 향했다. 그 뒤 2박 3일을 그의 집 손님 방에서 지냈다. 덕분에 노스트롬(Nordstrom) 바이어도 만나고 그들의 물류 센터에도 가볼 수 있었다.

결과적으로 그와 브랜드를 콜라보해서 공동의 이름을 쓰기로 하였다.

'르미유 X 몬테밀라노 LE MIEUX by Monte Milano'

무대뽀 정신으로 이루어낸 좋은 경험이었다. 그 일을 계기로 2007년도에 미국 엘에이에 몬테밀라노 법인을 세워서 4년 동안 미국 전역 470군데 편집숍에 영업맨을 통해 몬테밀라노 옷을 선보였다.
지금은 미국 법인을 접었지만 미국 매장 주소는

MonteMilano.net에 유지하고 있다.

내가 만약 그때 주관이 흔들렸다면 어땠을까? 고집만 피우고 그것을 밀고 나가는 힘이 없었다면 어땠을까?

고집은 생각이고 주관은 고집을 유지시키는 행동이 아닌가 싶다.

고집이 주관이 되도록 행동해야 한다는 것을 관계 속에서 많이 깨닫는다.

46
나서는 건 싫다면서
누군가 칭찬해주면 좋아한다

"나는 나서는 것 좋아하지 않아."라고 말하는 사람들이 종종 있다.

그런데 진짜 그런 사람도 있지만 사실은 아주 적다.

그런 분을 공식석상에서 띄워드리면 그러지 말라고 하면서 두고두고 좋아한다.

인간에게는 인정 욕구가 있다.

그것을 알기에 나서려지 않으려는 사람을 보면 꼭 칭찬을 해준다.

상대를 내 편으로 만드는 것은 내가 좋아하는 것을 같이 하는 게 아니라 그가 좋아하는 것을 나도 좋아하고 있다는 것을 알게 해 주는 게 아닌가 싶다.

47
브랜드는 숨 쉬는 생명체이다

1700년 이전 유럽에서는 왕족과 귀족에게만 이름이 있었다. 일반인은 그냥 직업이나 거주지로 그 사람을 지칭했다. 예를 들어 '언덕 위에 사는 둘째 딸', '강가 옆의 대장간 첫째 아들'같이 이름 대신 특징이 곧 그 사람의 이름이었다. 브랜드도 비슷한 면이 있다.

사람과 마찬가지로 브랜드도 태어나면 한 살이다. 혼자서는 아무 힘도 없어서 보살피다가 예쁘게 자라면 주변에서 함께 하자고 제안이 들어온다. 또 나이가 차면 결혼도 하고 아이도 낳듯이 브랜드도 좋은 파트너를 만나서 더 큰 회사를 차리고 서브 브랜드를 탄생시킨다.

브랜드란 대중이 막연히 원하고 있는 것을 구체적 형상으로 만들어 세상에 내놓는 것이다. 마치 이름 모를 들꽃을 '안개꽃'이라고 이름 붙여 대중들이 오래도록 기억하게 하는 것과 비슷한 과정이 아닌가 싶다.

다시 말해서 브랜드는 숨을 쉬는 생명체로서 명사가 아닌 동사로서 성장한다.

눈에 보이는 매출보다 더 중요한 것은 눈에 보이지 않는 사람들의 인식이며, 그것은 오랜 시간 동안 소비자들에게 노출되어야만 가능하다.

48
선을 좀 넘어야 할 때는 **넘어야 한다**

영화 '기생충'에서 이선균 씨가 '선을 넘는다'는 얘기를 하는 장면이 있다.

지인들 중에서도 '선만 넘지 않고 자기 의견을 얘기하면 된다.'고 말을 하는 이들이 있다.

그런데 그들이 말하는 선의 기준은 무엇일까?

선의 기준은 각기 다르다.

나는 30이라고 생각하지만, 상대는 50이라고 생각할 수 있다. 나의 선은 그의 입장에서는 매번 도달되지도 않는, 한참 모자란 지점일 수도 있다.

가까워지기 어려울 뿐더러 매번 모임에 와도 왔는
지도 모르는 이들이 있다.

그들은 간혹 자기를 못 봤냐고 얘기하기도 한다.

그런 것을 보면 가끔은 선도 살짝 왔다 갔다 해야 하
지 않나 싶다.

그러면 오히려 상대를 기억하기 쉬울 것이다.

49
철없는 사람을 미화하지 말라!
주변에 피해준다

"나는 철이 없어!"라고 말하는 이들이 가끔 있다.

철이 없다고 스스로 말하는 이의 '철없다'의 개념은 '마음대로 살고 싶으니 주변이 나를 위해줘.'라는 뜻이 아닌가 싶다.

진짜 철이 없는 이는 자신이 철이 있는지 없는지 자체도 모를 것이다.

'철'은 '계절'을 뜻하니 철이 없다는 것은 계절에 맞지 않게 옷을 입어서 본인도 감기에 걸리고 타인들에게도 눈살을 찌푸리게 하는 것이다.

계절에 맞지 않게 사는 것! 즉, 철이 없는 것은 무지에서 비롯된다.

만약에 자식이 철이 없다면 그로 인한 희생은 부모가 부담하게 될 것이다. 또 그래야 한다. 철이 없는 이가 누군가와 함께 산다면 배우자에게 부모만큼의 희생을 바랄 것이다.

어쩌면 철이 없는 사람이 가장 무서운 사람이 아닌가 싶다.

50
은근히 비아냥거리는 **말투 대처법**

10여 년 전, 처음 가게 된 와인 스쿨에서였다. 각기 다른 직업의 사람들이 긴 테이블에 앉아 있었다. 나는 물이 마시고 싶어서 눈이 마주친 분에게 물통을 달라고 했다. 그리고 먹다가 흘려서 냅킨이 필요해 냅킨 앞에 계신 분께 냅킨을 달라고 했다.

그때 어떤 여자분이 이런 말을 했다.

"천성이 공주신가봐요. 아무렇지 않게 부탁하는 걸 보니!"

사람들 앞에서 칭찬도 험담도 아닌 묘한 기분이 드는 멘트였다.

누군가 나에게 물이나 냅킨을 달라고 하면, 나 역시 아무렇지 않게 건네줄 것이다. 사람들이 대화하고 있는데 일어나서 의자 빼고 가져오고 다시 앉고 그러면 더 번잡스러울 수 있다고 생각해서 부탁한 건데 은근히 비아냥거리는 말투는 사람들이 판단하기 전에 그 평가에 영향을 받게 할 것이다.

나는 얼른 말했다.

"불편하셨다면 죄송해요."

사실 그리 죄송할 일은 아니었다. 그러나 죄송하다고 하면 일이 빨리 끝난다.

묘한 비아냥을 듣고 그 사람과 친해지기는 어려울 것이다.

죄송하다는 말은 그녀에게 했지만 사실은 나머지 사람들을 위해 한 행동이었다.

"사실 이런 일들은 사회에서 은근히 많이 일어나는 일일 것이다. 이럴 때 우리는 어떻게 해야 하는가? 많은 이들이 고민하는 것이리라. 솔로몬의 판단처럼 주변도 공감하고 나도 좋게 보여지는 말을 해야 한다."